ETERNA
FANTASIA

ETERNA FANTASIA

Danichi Hausen Mizoguchi

Porto Alegre
São Paulo
2025

Não vou deixar, não vou
Não vou deixar você esculachar
Com a nossa história
É muito amor, é muita luta, é muito gozo
É muita dor e muita glória
CAETANO VELOSO

Escrevo para não esquecer o que é mais
importante no mundo: a amizade e o amor.
SILVINA OCAMPO

Deixe de lado esse baixo astral
Erga a cabeça, enfrente o mal
Que agindo assim será vital
Para o seu coração
GRUPO REVELAÇÃO

9
Cansaço

19
Ilha

39
Coalizão

55
Recrudescimento

87
Ainda

173
Amuleto

191
Não

195
Sempre

CANSAÇO

1.

Nenhum reposicionamento, zero novidade, nada, nada, nada, só as teorias gastas de sempre, a competição tácita pra ver quem recebe mais aplausos, o tom professoral dos machos palestrinhas, certos de estarem certos, confiantes no próprio brilho, na sedução das retóricas, no paletó sem gravata e na calça de linho da Richards, no sapatênis da Mr. Cat, no MacBook Air, nos gráficos ridículos, e Maria lá, fingindo atenção por quase duas horas, a cabeça indo na puta que pariu e voltando, cansada de participar de dez atividades como aquela por ano, em Niterói, Rio de Janeiro, São Paulo, Uberlândia, Belém, Campinas, Porto Alegre, no caralho a quatro, sempre iguais, um punhado de tipinhos repetidos na plateia, a inteligentinha lacradora que tenta pegar os palestrantes no contrapé, a entediadazinha que passa o tempo inteiro bocejando e deslizando o dedo no celular, o treteiro que grita as palavras de ordem do momento como se tivesse dizendo algo muito novo, uau, o perdidinho que expõe longamente alguma experiência particular, era só isso mesmo, valeu, a obrigação de responder quatro ou cinco perguntas com o mínimo de educação e ficar se mijando até a hora que o mediador agradece pela presença de todos, pelo brilho das exposições, pelas instigantes colocações, e ela se levanta com a bunda quadrada e a perna dormente, cumprimenta os colegas com apertos de mão e sai.

2.

Maria deixa o auditório com passos rápidos e o celular na mão, sem olhar pros lados, sem parar no corredor, sem comer uma fatia do bolo industrializado nem tomar um copo de chá do coffee break que os bolsistas cuidadosamente haviam preparado, sem olhar a banca de livros novos e usados com descontos imperdíveis, sem dar qualquer oportunidade pra alguém puxar papo, elogiar seu trabalho, insistir em mais detalhes, lembrar da pergunta que ela se esquivou alegando que estava contemplada pelas indicações dos colegas, mas que não tinha respondido porque não queria responder, porque anda muito cansada, cansada do beco sem saída, cansada da mesmice, cansada das polêmicas, e não há nenhuma possibilidade de surgirem ideias novas assim, e ideias novas é o que o país precisa neste momento em que anda tudo tão difícil, tão delicado, tão quebrado, racha atrás de racha, treta atrás de treta, implosão atrás de implosão, por isso ela preferiu fazer uso do seu direito de ficar quieta e não dar corda praquela pergunta cretina que só queria colocar fogo no parquinho, criar polêmica pela polêmica, polêmica parnasiana, sem pauta, sem utopia, sem sonho, desculpa, tô com pressa, quem sabe na próxima?, obrigada mais uma vez, até.

3.

Nada de beijo, nada de abraço, nada de cigarrinho roubado, nada de ficar numa rodinha esperando um uber gentilmente chamado por um dos organizadores da atividade, fiesta prata, kwo 3302, cinco minutos, quatro minutos, três, dois, tá quase, tá ali, ó, avisa quando chegar em casa, tchau, pessoal, tchau, tchau, nada de tomar uma cervejinha na praça em frente à universidade, só um copinho, a gente não pode ficar muito, vai ser rapidão, só pra confraternizar um pouco, bater um papo, relaxar, é só um copinho mesmo, a gente jura, é só um brinde, uma cervejinha e um petisco, um gurjãozinho de peixe, de frango, uma carne seca com aipim, uma gelada e já era, a cada saideira mais uma rodada, ah, não, não, agora que o papo tá bom ninguém vai embora, fica só mais um pouco, é só mais uma, vamos pedir a conta junto com a próxima, a próxima é por minha conta, chefia, traz mais uma rodada pra geral, isso, litrão, pode trazer três já, não, não, aproveita e traz quatro, tá aqui minha comanda, a mesa sem fim, que começa como um prolongamento do evento, comentários sobre as falas, tópicos repassados, elogios mútuos, pedidos de referências, deboches sobre deslizes da plateia, o avanço pras políticas partidárias, as análises mais brilhantes, elementos que ninguém antes havia percebido, a situação periclitante do país, as movimentações do centrão, os álibis do judiciário, os rabos presos de fulano, os cálculos de beltrano, as alianças espúrias de todos, cervejas viradas, copos quebrados, óleos pingados, bocas cuspindo, brindes inusitados, qual a sua lua?, pergunta pra sua mãe que horas vocês nasceu, ah, só podia, lava na cara, não acredito que você nunca fez mapa astral, eu amo a Maria Bethânia recitando poesia, é a diva maior da música brasileira, alguém já viu This is us?, eu tô começando, em que temporada você tá?, sem spoiler, sem spoiler, o Mengão isso, o Mengão aquilo, os assédios de lei, além de brilhante você é linda, esse sorriso é foda, pena que tão raro, hay que endurecerse, pero sin perder la ternura jamás, a mãozinha na coxa e o olho no olho pra dizer que um passarinho contou que ela tinha se separado há pouco tempo, que sente muito e espera que esteja tudo bem, em Botafogo tem ótimos cinemas, podemos marcar, coisas com as quais ela sabe lidar muito melhor do que com a ressaca que na segunda metade dos trinta anos dura quase dois dias e não tem barriga cheia, hidratação ou Engov que dê conta, a dor de cabeça, os enjoos, o dia de arrasto, a saudade da juventude, a culpa por ter dito coisas que achava mas que talvez não devessem ser ditas, a culpa por ter dito coisas que nem sabia se realmente achava, mas que não podiam ser ditas, a culpa por não lembrar das coisas que tinha dito, nunca mais vou beber, sério, nunca mais, tudo que ela evita quando parte sozinha e caminha até o ponto de ônibus na frente do shopping, até mais, gente, foi ótimo, viu?, até, até, valeu.

4.
Shopping, estação das barcas, terminal rodoviário, ponte, zona portuária, Túnel Santa Bárbara, Laranjeiras, Praia de Botafogo, São Clemente, Largo dos Leões, Maria levanta, puxa a cordinha e desce do ônibus quase na esquina da Humaitá com a ruazinha sem saída onde fica o apartamento de dois quartos, bonitinho, bem decorado, confortável, com vista pro morro do Corcovado e pra Floresta da Tijuca, pertinho da Lagoa, da Cobal, do Jardim Botânico, de livrarias, de cinemas, de supermercados, de bares, de restaurantes, da lanchonete na qual ela entra, cumprimenta os atendentes, olha o cardápio de parede e pede um sanduíche de atum e um açaí de trezentos mililitros batido sem açúcar, pouco xarope de guaraná e granola à parte, tudo pra viagem, pronto em dez minutos, e

ela caminha os setenta metros até o prédio, dá boa noite pro porteiro, recebe a correspondência, espera o elevador, sobe até o quinto andar, larga a bolsa no pufe, senta no sofá da sala e come o sanduíche e o açaí com a televisão ligada numa mesa-redonda sobre os possíveis rumos da república, o cenário complexo dos últimos meses, a condução coercitiva, a suspensão da nomeação de Lula para a Casa Civil, a possibilidade da prisão, o vazamento de áudios, o rompimento do PMDB com o governo, a instalação de uma comissão especial pra avaliar o impeachment, o caos instalado em Brasília, as manifestações em cidades de norte a sul do país, e ela joga o copo do açaí e a embalagem do sanduíche no lixo, lava a louça, vai pro quarto e organiza em cima da cama a documentação da viagem, as reservas dos voos, o endereço das hospedagens, o visto, tudo na pastinha preta de elástico, passaporte, cartão de crédito internacional liberado pra uso no exterior, euros, CUCS, o guia da Folha comprado de segunda mão, calcinhas, sutiãs, meias, biquínis, calças, bermudas, saias, vestidos, camisetas, chinelos, sandálias, tênis, nécessaire, boné, as roupas e as bijuterias encaixadas na mala cinza-chumbo de tamanho médio da Delsey e na mochila verde da JanSport, a cabeça na viagem que já tinha sido só um devaneio, uma vontadezinha de um dia quem sabe?, já imaginou?, e que aos poucos virou um será que rola mesmo?, como será que é pra mulher ir sozinha?, será que alguém pilha de ir junto?, etecétera e tal, uma viagem sempre postergada, porque outros lugares eram mais fáceis, mais baratos, mais perto, Uruguai, Argentina, Chile, Califórnia, México, Itália, Grécia, Espanha, Portugal, Marrocos, Nova Iorque, Inglaterra, França, Holanda, Peru, o Brasil, Salvador, sul da Bahia, Caraíva, Barra Grande, Trancoso, Pantanal, Pernambuco, o luto da separação, a mudança pro Rio, o looping que a vida deu, agora é a hora, não dá mais pra adiar, que companhias aéreas voam pra lá?, quais as melhores épocas?, tem risco de furacão?, as cidades que ela queria conhecer, quanto podia gastar por dia, os deslocamentos, o planejamento pra realizar aquele sonho que talvez tenha nascido num momento difícil de precisar, quando ela começou a perceber nas coisas todas as desigualdades, exclusões e preconceitos, quando percebeu que o único trabalho possível é lutar contra o capitalismo, contra essa vida torpe, exploradora e indigna que o capitalismo naturaliza, e veio o estágio em equipe multidisciplinar de atendimento a jovens egressos do sistema socioeducativo, o mestrado sobre pessoas psicóticas que vivem em situação de rua, o primeiro emprego num Centro de Atenção Psicossocial em Alvorada, e ela quase se emociona ao lembrar da guriazinha meio hippie, de saião, bata, Janis Joplin, acampamento, violãozinho, aquela coisa, a guriazinha cheia de energia e revolta que jurava pros amigos que um dia iria a Cuba, e que os amigos debochavam, e tudo era Buena Vista Social Club, Omara Portuondo, Ibrahim Ferrer, Compay Segundo, Morango e chocolate, Pedro Juan Gutiérrez, na Olímpiada de Sydney até torceu por Cuba contra o Brasil no vôlei, tinha dezoito, dezenove anos, adorava a Fofão, a Leila, a Virna, a Ana Moser, mas as cubanas eram demais, a Mireya, a Ruiz, o jogo foi uma guerra, rivalidade sinistra, as mulheres se estapeavam, se empurravam, se unhavam, e as cubanas ganharam, e na final contra a Rússia ela torceu muito, muito, muito mesmo, e as cubanas ganharam de novo e ela comemorou demais, só depois ficou mais calejada, passou a achar algumas coisas meio estranhas, o Fidel no poder há tanto tempo, o partido único, o rock não ter chegado nos anos 60 e 70, Beatles, Stones, maconha, LSD, a onda existencial libertária, nada, nada, nada, estranho mesmo, mas ainda assim melhor do que o capitalismo e do que o comunismo frio do stalinismo, do politburo, da KGB, dos prédios cinzas e quadrados que conheceu em Berlim, no Mitte, em Kreuzberg, aqueles prédios cinzas e quadrados tomados por jovens criativos e coloridos que ocupavam os salões que um dia tinham sido da Stasi e faziam bares descolados e galerias comunitárias como a Tacheles, embora não conseguissem, mesmo com toda a cor, toda a criatividade e toda a juventude do mundo, limar a história, deletar o passado, apagar o peso da violência, o capitalismo e o comunismo frio, tão diferentes do comunismo que dança salsa, toma rum e fuma charuto, do comunismo que transa, do comunismo excitado, sensual, do comunismo tropical à beira-mar, e ela confere os documentos mais uma vez, fecha o zíper e deixa a mala e a mochila ao lado da porta, pijama, dente, despertador, cama, férias, finalmente.

1.

Com a calça legging preta e o casaco laranja de náilon amassado, o rosto cheio de marquinhas, toda descabelada depois da noite inteira de viagem, Maria se posiciona no fim da longa e silenciosa fila formada por americanos e europeus intimidados pelo vermelho que toma conta do aeroporto José Martí, nos carpetes, nas cadeiras, nas bancadas, nas placas, vermelho que mostra que ali não é uma colônia de férias, não é a Disney, não é um salão de festas pra gringos, que aquele é o país da revolução, a ilha da igualdade, onde todos são tratados da mesma forma, sem qualquer preconceito, onde Maria, sempre obrigada a se demorar nas explicações nas fronteiras, a mostrar os documentos mais de uma vez, contracheque, comprovante de residência, extrato bancário, reserva de hotéis, passagem de volta, a provar que não é prostituta, que não leva contrabando num fundo falso, cápsulas de cocaína na barriga, que não precisa imigrar ilegalmente, que sempre passa por constrangimentos antes de receber os pedidos polidos de desculpas e ser autorizada a entrar no país A, B ou C por uma portinha lateral, é o nosso trabalho, a senhora sabe como é, é chamada pela funcionária da polícia federal com um gesto simpático, responde perguntas de praxe, recebe o carimbo rosa de admissão na terceira folha do passaporte e passa pela porta automática larga em direção à confusão típica da área de desembarque, mãos abanando, cartazes com nomes de pessoas, abraços, beijos, lágrimas, reencontros, expectativas.

2.

O homem moreno e quase careca que segura uma folha com o sobrenome dela escrito à mão se aproxima, se apresenta num portunhol esforçado e pronunciado quase sem consoantes, diz que se chama José, deseja que Maria desfrute da estadia em Cuba, pede licença, pega a mala, indica com um gesto o caminho até o estacionamento externo onde está o Lada branco sedan do final dos anos 90, lê o endereço num caderninho, Calle Acosta, número 412, entre as ruas Egido e Curazao, se ela não se importa ele vai ligar o rádio, e eles pegam a estrada ao som de uma versão em espanhol de Como é grande o meu amor por você cantada por Roberto Carlos, e José comenta que a casa é muito bem localizada, numa zona ótima pra caminhar, pra passear, com fácil acesso a Plaza Vieja, Malecón, museus, a fábrica de charutos, El Floridita e La Bodeguita del Medio, os bares onde Hemingway tomava mojito e daiquiri no período em que nos deu a honra de viver em Havana, fácil também pra pegar um táxi pra lugares mais distantes, o bairro de Vedado, o Hotel Nacional, a Praça da Revolução, a Fábrica de Arte Cubano, e Maria agradece pelas indicações e fixa o olhar na paisagem que passa pela janela escancarada, o vento nos cabelos, a zona meio rural, casas de beira de estrada, cachorros vira-latas estatelados no chão, galinhas ciscando, crianças correndo, bares com cartazes de bebida afixados nas paredes descascadas, paisagens que ela viu tantas vezes em subúrbios de cidades brasileiras, em cidades da América do Sul, subúrbios e cidades que talvez tivessem a mesma história de Havana, a colonização europeia, a herança da escravidão, o genocídio indígena, marcas da estranha irmandade continental, marcas que aos poucos dão lugar às sacadas e aos varais estendidos sobre as ruas, aos carros americanos, aos cortiços e aos riquixás, os indícios de que sim, sim, estamos perto, quase lá, depois de passar a estação de trem com o muro alto ali na frente é só dobrar na outra quadra e andar mais um pouquinho, ali, ó, aquela casa amarela de três andares, tá vendo?, pronto, só um minuto que vou pegar a bagagem, foi um prazer te conhecer, vou deixar um cartão caso precise de algo, pode ficar tranquila, vou aguardar abrirem, muito obrigada, tchau, tchau.

3.

Ela olha pros dois lados por alguns instantes, suspira satisfeita, toca a campainha, ouve o estalo da tranca, empurra a porta e sobe a escada de mármore com azulejos azuis nas laterais até chegar ao topo e encontrar uma senhora baixinha e gordinha que lhe dá bom dia e se apresenta, Amelia, que legal te encontrar pessoalmente depois de tantos e-mails, senhorita, o cãozinho salsicha que late ao seu lado se chama Rocky, mas não precisa se preocupar, esse Rocky não gosta de briga, só pula de vez em quando pra pedir carinho, sinta-se em casa, por favor, e Maria agradece, larga a mala e a mochila, observa a sala enorme com azulejos beges e marrons no chão e paredes pintadas de salmão, móveis antigos de madeira, o pé-direito altíssimo, a sacada que dá pra rua, o pátio interno com mesinhas e cadeiras de ferro branco onde o café da manhã é servido das sete às dez, o quarto confortável, limpo, cama boa, mesa de cabeceira, abajur, com banheiro privado, a janela grande onde Maria se apoia e aprecia a vista da rua estreita, fios emaranhados, um casal caminhando, uma senhora de bobes no cabelo, um vestido de flores pendurado, Cuba.

4.
Saia soltinha azul escura pelos joelhos, camiseta azul clarinha, tênis de camurça, óculos escuros, mochila verde-bandeira nas costas, Maria desce a Acosta por cinco quadras, dobra à esquerda na Ofícios, à direita na Sol, pega a Avenida del Puerto, passa em frente ao Museo del Ron e chega à Praça de São Francisco de Assis, uma praça com aquele estilo que conhece de outras viagens, praças secas como a Plaza Mayor de Madri, o Zócalo da Cidade do México, a Praça do Comércio em Lisboa, praças sem criatividade, sem graça, um imenso quadrado árido e só, que os europeus espalharam pela América e que, com a luz chapada do finalzinho da manhã, fica ainda mais árido e sem graça, e Maria não se demora, observa, tira algumas fotos e pega uma rua que sai de uma das quinas e vai dar na Praça de Armas, mais bonita, mais arborizada, mais acolhedora do que a primeira, a fortaleza que em outros tempos defendia a cidade ao fundo, os casarões coloniais com colunas ecléticas nas laterais, a feirinha de livros expostos em cima de tecidos estendidos no chão, o álbum de figurinhas da revolução, A história me absolverá, o discurso de Fidel Castro no julgamento, os romances de Pedro Juan Gutiérrez e de Leonardo Padura, os poemas de José Martí, os cartazes de filmes do cinema cubano, os cartões-postais de Che Guevara, Fidel Castro e Camilo Cienfuegos, os ímãs de geladeira com a bandeira do país e frases emblemáticas,

objetos que ela namora por um bom tempo, consulta preços, admira, toca, bons pra levar de recordação, pra dar de presente, será que o pai vai gostar?, será que serve na mãe?, aquilo pra Dulce?, e ela continua a pernada sem comprar nada, melhor outro dia, acabei de chegar, e caminha pra lá e pra cá, sem destino, e no final de uma ruazinha de paralelepípedos sem saída vê um restaurante com duas portas grandes, mesas e cadeiras brancas de ferro na rua, uma pessoa, por favor, se possível na calçada, essa aqui mesmo, perfeito, pede o cardápio, muito frango, muito porco, peixes, camarões, o prato do dia é o picadillo habanero, senhora, uma das especialidades da casa, receita secreta da matriarca da família, a Dona Eutimia, um guisado de carne com azeitonas, pimentões e batatas, acompanhado de arroz, feijão preto, banana frita e salada, casa bem com uma Bucanero, e ela acha tudo ótimo, o rango, a cerveja, a bobeira, a lombra da digestão, o pé na cadeira da frente, a doideira que é estar em Cuba, sozinha, feliz, curiosa, leve, animada, de barriga cheia, um pouco bêbada, depois um expresso no O'Reilly, Havana Velha, bares, restaurantes, ruelas, lojinhas, livrarias, casa, soneca.

5.

O alarme adiado no celular três vezes, o sono profundo, a irritação por ter perdido a primeira tarde em Havana, caramba, o banho, o vestidinho florido que tanto gosta, a bolsa pequena vermelha de couro desgastado, a rasteirinha velha de guerra, perfumada, grampos nos cabelos, Amelia sentada no sofá da sala com televisão ligada, onde vai tão guapa?, se está em busca de um pretendente pode tirar o cavalinho da chuva, nenhum homem neste país presta, e

Maria sorri e diz que vai dar uma saída rápida, andar um pouco, comer alguma coisa, e pergunta se é tranquilo caminhar até o La Imprenta a essa hora, olhou o mapa e estava pensando em descer a Acosta até a San Ignacio, e Amelia responde que nem todos os caminhos são seguros, não, o primeiro trecho da San Ignacio, por exemplo, tem uma iluminação muito precária e o piso é irregular, ela pode tropeçar, cair, machucar o pé, é melhor ir pela Rua Cuba, porque é mais iluminada e tem um calçamento melhor, e Maria ri com a resposta tão diferente, nada de é melhor pegar um táxi, não deixe itens de valor à mostra, leva o dinheiro escondido, vai sem bolsa, não tira os documentos da doleira, e ela agradece pela dica, desce as escadas e caminha pelas ruas animadas, gente na calçada, crianças brincando, até o restaurante com ambiente estiloso, amplo, bonito, cardápio variado, a vibe clássica, ao lado da porta uma banda com violão, percussão e contrabaixo acústico que toca Buena Vista Social Club e Pablo Milanés, a lagosta com arroz negro, os dois mojitos, a tortinha de chocolate meio amargo e a troquinha de olhares e um meio-sorriso com um dos espanhóis da mesa ao lado, só pra constar.

6.

Maria abre os olhos antes do despertador tocar, se espreguiça, levanta, lava o rosto, coloca uma bermuda jeans, uma camiseta branca básica, havaianas, desce pro pátio interno, toma uma xícara de café preto, come pão com manteiga, queijo e presunto, ovos mexidos, banana e mamão picados, um casal de rapazes italianos simpáticos e sorridentes conta que dali a algumas horas vão pegar o voo de volta pra Bérgamo depois de quase um mês em Cuba, conhecendo o país de leste a oeste, de norte a sul, em lugares que ela ainda irá, como Santa Clara e Trinidad, em lugares que ela até tinha cogitado ir, mas que ficaram de fora do roteiro, Baracoa, Santiago, Viñales, em lugares que ela não teve vontade de ir, como Varadero, e ela recolhe a louça, leva pra cozinha, volta pro quarto, toma banho, se arruma e sai, a câmera fotográfica Canon mirando as pinturas que saúdam a revolução, portas coloridas, velhos com charutos na boca, a salsa e a rumba, cartazes nos muros, bandeiras, flâmulas vermelhas e pretas do Movimento 26 de Julho, frutas nos balcões, futebol e beisebol no meio da rua, casas de santería, entradas de cortiços, mulheres conversando, belezas que ela não cansa de ver e rever em passeios até a hora do almoço, rango, duas cervejinhas, um cafezinho, pernas esticadas no banco de alguma praça, os museus à tarde, o levante comandado por Fidel Castro no final da década de 50, os oitenta e poucos malucos que vieram do México no Granma, uma espécie de iate que estava exposto ali ao lado, oitenta e poucos malucos que desembarcaram em Cuba esfomeados, sedentos, prontos pra fazer a revolução, revolução que nem era socialista, era nacionalista, cujo objetivo era expulsar o imperialismo ianque da ilha, acabar com o playground de americanos ricos, e só se tornou socialista dois anos mais tarde, com o apoio da União Soviética, informações que Maria lê no Museo de la Revolución, repleto de fotos de época, uniformes, relíquias, organizado, didático, sedutor, simbolicamente no antigo prédio presidencial de Fulgencio Batista, o ditador deposto pela revolução, a arte moderna e contemporânea no Museo Nacional de Bellas Artes, o cubismo estranho de Amelia Peláez, inusitado, quente, peixes, flores, frutas, o roxo, o amarelo e o vermelho, que lembravam Tarsila do Amaral e Frida Kahlo, as comidas, os monumentos, o sotaque, o Hotel Nacional, a piña colada numa espreguiçadeira defronte ao mar, a Coppelia, a sorveteria estatal, a Praça da Revolução, a esplanada enorme onde Fidel fazia discursos intermináveis, dez, doze horas sem parar de falar, os murais com os rostos de Che Guevara e Camilo Cienfuegos, o jazz no La Zorra y El Cuervo, a nightzinha modernete na Fábrica de Arte, a rotina dos cinco dias desde aquela manhã até o jantar no San Cristóbal, restaurante onde Barack Obama havia jantado um mês antes e que ela escolhe pra sua última noite de Havana.

7.

Um pouco depois das nove, o táxi conduzido por um homem de uns cinquenta e poucos anos chamado Ernesto sai da frente do Mercado de Artesanías em direção à Autopista Nacional, Maria no banco do carona, uma espanhola de uns quarenta anos e dois croatas de vinte e poucos com cheiro de álcool no banco de trás, dois croatas que capotam na partida e acordam só no final da viagem, próximo a Ranchuelo, e falam num inglês precário que as praias de Cuba são muito piores que as praias da Croácia, Milna, Hvar, Zadar, Split e Brela são muito melhores do que Varadero e Cabo Guillermo, não fosse pelo resort all inclusive eles teriam ido embora antes, só foram pra Santa Clara porque a agência de turismo colocou no pacote, por eles nem iriam pra cidade onde Che Guevara comandou a ação de descarrilamento de um trem de suprimentos militares numa batalha importantíssima pros rumos da revolução, batalha que fez os Batistas fugirem de Cuba, e Maria responde num inglês ainda mais precário que pra ela já bastaria o clima universitário e jovem da cidade, mas, mais do que tudo, que não poderia ir a Cuba e deixar de visitar o busto de bronze com quase sete metros, o céu azul ao fundo, a bandeira de Cuba tremulando no topo do mastro, a fileira de rosas vermelhas na base, a frase emblemática gravada com a grafia do guerrilheiro, Hasta la victoria siempre, o rosto voltado pro sul, pra evocar a irmandade latino-americana, os vinte e nove companheiros cujos corpos também estão enterrados lá, companheiros que caíram ao levar a cabo um levante armado na Bolívia, quando Che morreu apenas um pouco mais velho do que Maria é ao visitar o memorial repleto de itens pessoais bem conservados, roupas de campanha, trajes civis, o nebulizador pra asma, o barbeador, os manuscritos, as armas, a bata da formatura em Medicina, o mausoléu com a chama eterna acesa por Fidel, as labaredas e os restos mortais da revolução lado a lado, a vida do jovem que saiu da Argentina de motocicleta, pegou em armas, foi ministro, virou história, a vida revolucionária por excelência, decisiva na mudança de rumos de todas as existências cubanas, de todas as existências de esquerda, de todas as existências revolucionárias, o rosto estampado em camisetas, a barba modelo pra jovens que ainda nem têm barba, o calor estranho no peito e o pranto imparável, vigoroso, de lágrimas grossas no rosto de Maria, a emoção que se mantém na visita ao monumento com o trem derrubado, as garrafas usadas pra fazer coquetéis molotov, os braceletes originais do Movimento 26 de Julho, no chope comunitário dos funcionários da fábrica de tabaco no final do expediente de sexta-feira, nos bares, nos cafés, no choro inesperado quando o casal de músicos toca

Hasta siempre comandante no restaurante, na estátua de Che com um menino no colo que é o emblema do futuro de um continente que brilha naquele povoado ao qual ela brinda solitária, no meio da praça principal, com um charuto Montecristo número 4.

8.
Quase segurando a própria mão pra não abanar e se despedir como fazia na infância quando ia embora de algum lugar, tchau, casa, tchau, praia, tchau, hotel, tchau, mar, ela sussurra pra si mesma tchau, Santa Clara e tchau, Che, ao deixar pra trás aquela prova e contraprova de que é possível, a materialidade e o testemunho de uma vitória da esquerda, a esquerda tão acostumada às derrotas, mas não lá, não em Santa Clara, é o que ela pensa com o pescoço torto virado pra trás à medida que o táxi conduzido por outro motorista chamado Ernesto avança no começo dos quarenta quilômetros da estrada esburacada e reta em direção a Remedios, a cidadezinha minúscula com a pracinha onde a população se reúne todas as noites, os cinco velhos sentados nos mesmos lugares, o homem dormindo com o jornal no colo e o charuto na boca, as crianças correndo pra lá e pra cá, o beisebol, a rotinazinha do vilarejo que é ponto de apoio pras prainhas onde se chega atravessando o pedraplén que rasga o mar do Caribe e leva às águas calmas e rasas de Las Gaviotas e Las Brujas, praias pras quais Maria vai alternadamente com o mesmo táxi todos os dias de manhã depois de tomar café com os ovos cozidos mais perfeitos que já comeu na vida, ovos al dente, quase crus, cremosinhos, que ela chama de ovos padrão Juan Karlos, em homenagem ao castrista convicto que não entende

como um cubano pode não gostar da revolução, um castrista nascido e criado em Remedios, casado desde muito jovem com Haiydee, a mulher que todos os dias faz os dois sanduíches de presunto e queijo que Maria coloca na mochila junto com a garrafa de um litro e meio de água mineral pra poder retornar pra casa só no final da tarde sem passar fome, horas seguidas estatelada no sol, entrando e saindo da água morna, a lembrança agora distante da rotina de eventos, reuniões, relatórios, perrengues, do contato com situações existenciais muito doídas, sofridas, violentas, que tiram o sono, o cansaço do ônibus que não para no ponto, do metrô lotado, do rame-rame sem fim do Brasil, daquela coisa que quando parece que tá indo pra frente empaca de repente, volta dez casas, cria crise, cria caos, dá vontade de desistir, o cansaço dos papos repetidos dos amigos, sempre os mesmos assuntos, sempre as mesmas posições, sempre os mesmos impasses, o cansaço das regras sem regra do Rio, do caô do Rio, vamos marcar, sim, fala tu, me liga que a gente combina, a gente vai se falando, o mau humor, os xingamentos, a agressividade, coé, mané, não sei que lá de cu é rola, aquela coisa que Dulce uma vez chamou de sudestecentrismo provinciano de ex-capital, os filhos da puta que riam quando ela usava um termo que não conheciam, tipo quando pediu dois cacetinhos na padaria, tipo quando perguntou se precisava chavear a porta da sala, tipo quando disse que estava meio atucanada, aquela cidade difícil que aos poucos ela foi se adaptando, conhecendo mais, pegando a manha, gostando, e quando viu já estava naquela também, porra, caralho, é pica, maneiro, coisas que Maria não aguentava mais, e que sentia se dissolver a cada mergulho no mar das praias cubanas quase desertas, de vegetação rasteira, areia branca, mar cristalino, raso e calmo, cabaninhas de palha, um casal de gringos fazendo nudismo aqui, uma família acolá, e ela, e só.

9.

Com a toalha enrolada na cabeça depois do banho, Maria se olha no espelho e gosta das marquinhas do biquíni, da pele morena, da expressão relaxada e sem as rugas no meio da testa, sem o peso de tudo que ela não aguentava mais e que parece tão distante quando parte após se despedir afetuosamente de Juan Karlos e de Haiydee num táxi compartilhado com um casal de Hong Kong, que passa calado os cento e cinquenta quilômetros da ponta norte à ponta sul do país, de Remedios até Trinidad, a cidade com um casario colonial e ruas de pedra, a iluminação branda depois do pôr do sol, a proibição de carros no casco histórico, a geografia privilegiada, serra de um lado, mar do outro, a cidade mais musical de Cuba, e Maria caminha por dez minutos do casarão azul de esquina onde está hospedada até a escadaria cheia de turistas que aproveitam o wi-fi gratuito e escutam a banda da Casa de La Musica, escadaria em cujo topo ela toma uma cervejinha e curte o inusitado de um palco no meio de uma escada, que lembra a escadaria do Passo em Salvador, escadaria que é o ponto central e mais famoso da sonoridade que soa pela cidade toda, nas esquinas, nos bares, nos restaurantes como a Taberna la Botija, onde Maria toma um drinque feito de rum, mel e limão chamado canchanchara e come tamales picantes e costelinhas de porco antes de ir pra Casa de La Trova assistir a apresentação de voz e violão de um homem com ar meio melancólico, onde ela, que desde as festinhas na adolescência se envergonhava de não saber mexer o corpo, de errar o passo, de pisar no pé do parceiro, tira coragem não sabe de onde, talvez dos três drinques de rum, e aceita o convite que um rapaz local faz quando ela está distraída pensando em como a viagem já está mais perto do fim do que do começo, e em como isso é uma pena, poderia ficar em Cuba por meses, e ela dança Chan Chan como não se lembra de ter dançado na vida, os passos todos certos, no compasso, e recebe um elogio merecido que a faz sorrir um sorriso largo, e ela torce pra que ele tome a iniciativa mais uma, mais duas, mais algumas vezes, mas ele agradece pela gentileza, se despede e volta a se sentar na mesa que divide com um amigo, e Maria passa na Casa de La Musica, na Casa de La Trova, no Palenque de Los Congos Reales à noite, e pedala numa bike alugada e passa o dia em praias próximas, dez, onze quilômetros pra ir, dez, onze quilômetros pra voltar, pouco mais, pouco menos, a beleza do caminho, a estradinha meio precária à beira-mar, a sequência de pequenas baías recortadas que termina na Playa Ancón, mais turística, mais cheia, mais famosa, mais explorada, mais sem graça do que a prainha pequeníssima de pedra onde ela para no segundo dia e pergunta um pouco envergonhada ao salva-vidas se ali tem tubarão, e ele responde que não, e eles conversam sobre o mar, a fauna marinha, os barcos, sobre o comunismo, sobre o capitalismo, sobre o Brasil, sobre Cuba, as proibições, as religiões, questões pessoais, íntimas, e ele diz que detesta viver naquele país porque lá não pode amar quem ele ama e aquilo é muito violento, e pergunta se no Brasil ela pode amar quem ela quiser, e ela responde que naquele momento não está amando ninguém, desconfia até que nem saiba exatamente o que é o amor, que sempre parece algo grandioso demais, ideal demais, perfeito demais, que nem sabe se existe mesmo, mas acha que no Brasil as pessoas não são livres pra amar quem quiserem, não, porque o Brasil é o país que mais mata gays no mundo, isso é estatístico, é factual, e ele diz com uma raiva calma e resignada que assim que puder vai embora pra outro lugar, que vai pra algum lugar onde possa amar quem quiser, e que ela deveria se abrir, se apaixonar, descobrir o que é o amor, porque sem o amor a vida não vale a pena.

10.

Na manhã seguinte Maria deixa Trinidad sob a cena monstruosa, surreal, absurda de milhares de caranguejos vermelhos atropelados ao tentar cruzar a estrada pra se reproduzirem na praia, a imagem insana e inacreditável de um animal tentando se defender de um veículo que vai na sua direção, garras levantadas como se fosse possível evitar o estralo do pneu esmigalhando o casco segundos depois, mais um corpo pro rio vermelho de quilômetros de extensão, pra multidão de animais mortos deixados pra trás enquanto o carro segue em direção à mesma casa onde ela havia se hospedado ao chegar em Cuba, descansar um pouco, conversar com Amelia, uma caminhada pelo bairro, lembrancinhas pra família e pros amigos, ímãs de geladeira, pôsteres, camisetas, jantar no paladar La Guarida, no mesmo prédio das locações de Morango e chocolate, o filme que mostra a beleza da relação entre um estudante universitário comunista e um artista gay, uma aula delicadíssima de política e de amizade, restaurante chique, toalhas brancas, meia-luz, conversa em voz baixa, garçons e garçonetes discretos, simpáticos e eficientes, lagosta com milho e pimenta, meia garrafa de um sauvignon blanc chileno, a mousse de goiaba com coulis de laranja, a conta, a caminhada do Centro pra Havana Velha, a parada no Monserrate, o bar antigo, clássico, com mesas e cadeiras de madeira de lei, com garrafas expostas atrás do balcão, onde ela já tinha parado outras duas vezes pra tomar uma cerveja no fim do dia a caminho de casa, e Maria cumprimenta o mesmo garçom, comenta que provavelmente é a última vez que se veem, ela está quase voltando pra casa, as férias estão acabando, infelizmente, vai querer um mojito de despedida, no capricho, o melhor mojito que pudessem fazer, pra lembrar pra sempre do bar, do garçom, de Havana, de Cuba, do mojito, e ela aguarda a bebida folheando distraída o Granma que alguém havia esquecido sobre a mesa, o jornal oficial que ela inclusive tinha comprado alguns exemplares pra levar de recordação, as edições especiais da visita do Obama, do show dos Rolling Stones, do seu primeiro dia em Cuba, e ela vira as páginas distraída, olhando as manchetes, as fotos, os acontecimentos esportivos, mais atenta à movimentação do barman e do garçom do que às notícias, novidades do partido, a campanha de vacinação, a página em cujo topo está a frase que faz seu coração ficar aos pulos, no dia seguinte se votará o afastamento de Dilma Rousseff no congresso nacional brasileiro, a manchete que ela precisa ler três vezes pra ter certeza de que é aquilo mesmo, de que não é mentira, porque quando saiu do país não tinha mais do que um burburinho, uma cartinha enciumada, nada que indicasse que poderia haver aquilo que o jornal chama de uma votação de resultado incerto que aquece os bastidores de Brasília, com grandes chances de indicar a deposição da presidenta em quem Maria tinha votado, cuja vitória apertada havia celebrado nas ruas, aquela vitória na unha que ela achava ser a garantia da continuidade de um processo de enfrentamento das desigualdades sociais históricas, que mesmo com várias críticas era o melhor que havia acontecido em toda a história da república, e que agora, repentinamente, estava ameaçada de acabar pela força da vontade de uns poucos que não aceitavam a derrota, e ela se levanta atordoada sem tomar o mojito que o garçom traz orgulhoso e sorridente, a saudação do povo cubano ao povo brasileiro que fica intocada sobre a mesa.

11.

Maria senta num computador velho da lan house, abre alguns sites de notícia, rói as unhas e tenta entender a cronologia dos fatos, a rapidez dos acontecimentos, as personagens, os mexes, a pressa na tramitação do processo, a sessão dominical do congresso, acompanhando a situação pelo tempo real, como se fosse um jogo de futebol, os votos que dizem coisas estranhas, caricatas, perversas, pra que crianças de seis anos não mudem de sexo, pela família quadrangular evangélica brasileira, pela paz em Jerusalém, pelos maçons do Brasil, pelos meninos do MBL, pelo fim da vagabundização remunerada, que Deus tenha misericórdia dessa nação, pela Sandra, pela Érica, pelo Vítor, pelo Jorge e por meu neto que está chegando, pela memória do coronel Carlos Alberto Brilhante Ustra, o pavor de Dilma Rousseff, pelo exército de Caxias, pelas Forças Armadas, pelo Brasil acima de tudo e por Deus acima de todos, o meu voto é sim, senhor presidente, a vantagem que se solidifica aos poucos, o golpe cada vez mais inevitável até o voto de um tucano desconhecido que fecha a maioria necessária com os parlamentares amontoados em volta dele, bandeirinhas verde e amarelas, tchau, querida, a chuva de papel picado, o pranto solitário de Maria, que não espera a sessão terminar, paga a conta e sai pelas ruas de Havana Velha a caminho de casa, triste, cabisbaixa, desolada, estupefata, desesperada ao perceber que nas televisões das salas de todas as casas da rua pisca a mensagem urgente anunciando que o golpe avança no Brasil, no país que retoma seu eterno passado, o eterno passado ao qual Maria não tem vontade nenhuma de voltar.

COALIZÃO

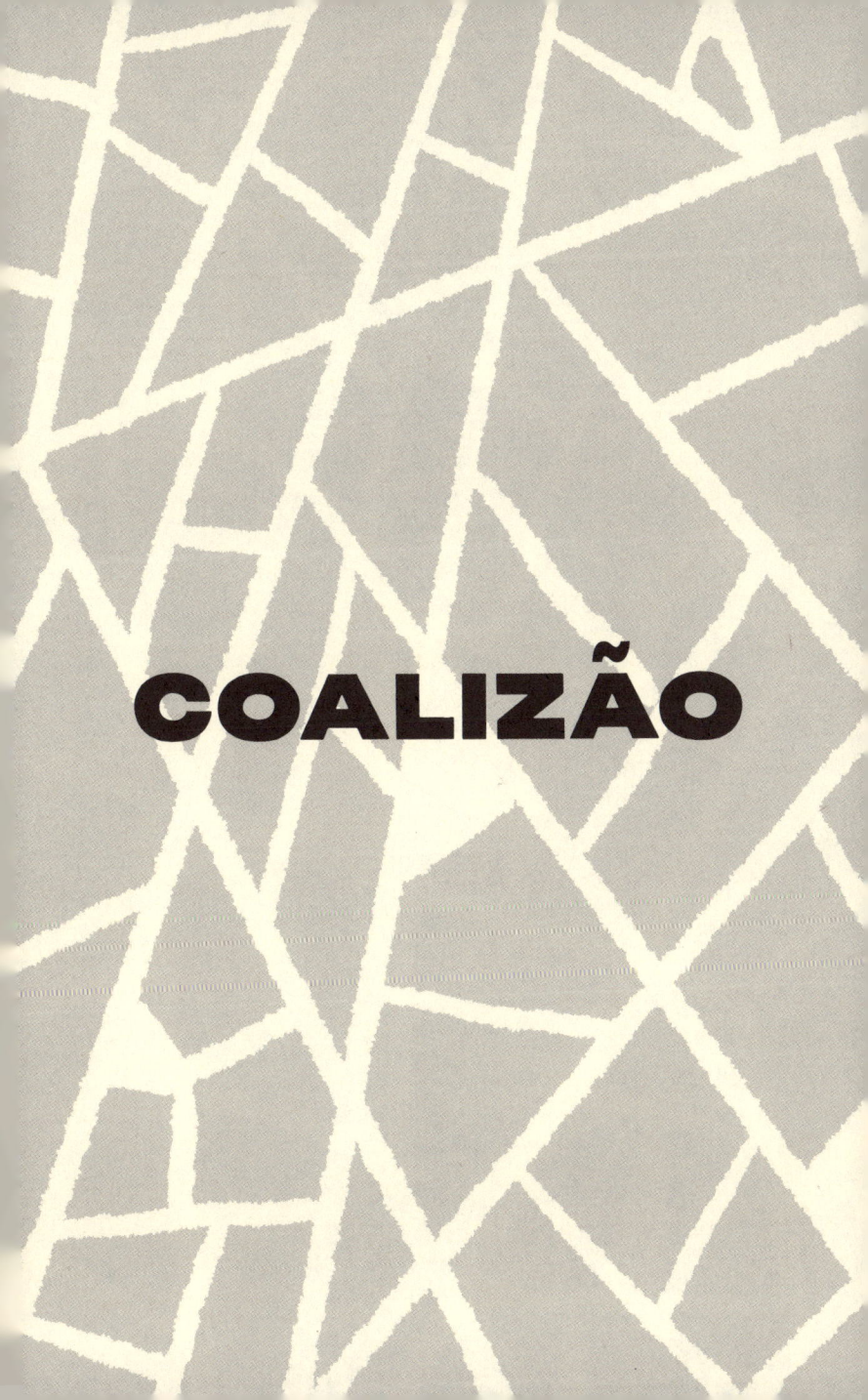

1.
É isso, nos resta encher a cara, quem pilha uma cervejinha no final do trampo no Escadinha?, vai ser bom pra reanimar, tirar a expressão fechada da cara, já tem cinco dias daquela votação escrota e o bode não pode durar a vida toda, ânimo, minha gente, vamos nos mexer, essa tristeza é tudo o que eles querem, essa tristeza é a vitória deles, a gente não vai dar esse prazer pra esses cornos, ah, não vai mesmo, grita Dulce, a melhor amiga do trabalho, a melhor amiga na cidade, aquela com quem Maria mais se identifica, mais se sente à vontade, parceira de dificuldades, desabafos, farras e alegrias, uma assistente social pernambucana da mesma idade, que trabalha nos mesmos projetos, que entrou na ONG na mesma seleção, que tem um jeito parecido de pensar as coisas da vida, e que no começo da noite arrasta um grupo até a viela escura que liga a Cinelândia à Senador Dantas, as mesinhas vermelhas de plástico na calçada, os copinhos americanos, os litrões de Brahma, um brinde à democracia tão fora de moda nesse país, um brinde, meu deus, como é que a gente veio parar aqui?, como foi que chegamos nesse ponto?, nunca imaginei que fosse viver isso, e alguém comenta que até a última hora achou que fosse impossível, que não ia ter votação, que não ia ser o que foi, e uma terceira pessoa fala em voz alta do outro lado da mesa que eles iam dar licença, mas era muito evidente que aquela porra toda tinha começado

em 2013, foi lá que a coisa descaralhou, sim, sim, é verdade, 2013 iniciou bem, ninguém discorda, Bloco de Lutas, MPL, o boneco da Coca-Cola em Porto Alegre, a passagem de ônibus em São Paulo, beleza, coisa linda, mas logo as coisas começaram a complicar, e só não viu que a parada tava estranha quem não quis, ou vocês não se lembram da mudança de posição da grande mídia?, do Arnaldo Jabor no Jornal Nacional dizendo que os revoltosos da classe média não valem nem vinte centavos, que os atos eram ignorância política?, e três ou quatro dias depois o próprio Jabor vendendo protesto e mandando todo mundo pra rua?, e veja bem, eu rezo pela igreja de São Raul Seixas e prefiro ser essa metamorfose ambulante do que ter aquela velha opinião formada sobre tudo, nada contra mudar de posição, imagina, mas aquilo lá foi putaria, velho, aquilo lá foi putaria, dizer que os jovens se levantaram porque ninguém mais aguentava ver a república paralisada por interesses partidários e privados, caralho, a gente nunca saiu da rua e agora é que o gigante acordou, vão tudo se foder, caralho, vão tomar no meio do cu, foi ali que tudo começou a degringolar, foi ali que a casa começou a cair, porque a direita se apropriou da parada, a Globo começou a comandar a narrativa, a dizer que era contra a corrupção, que era contra o PT, aquela porra toda, e dali em diante a aprovação do governo derreteu, brother, e dali foi ladeira abaixo, todo mundo lembra da eleição, aquela vitória na vírgula, a angústia de esperar aqueles votos do Acre, e depois o terceiro turno, pedalada fiscal, crime de responsabilidade, se não tivesse 2013 a gente não estaria nessa situação, não estaria nessa merda, murmúrios de aprovação e de reprovação, uns veja bem, uns é isso mesmo, uns não sei se é bem por aí, e outro alguém diz ok, ok, ok, beleza, beleza, mas discorda e muito, 2013 foi importante pra cacete, não foi só pelos vinte centavos, não, a sacanagem tava grande demais, porra, olha esses megaeventos o que foram, começou no Pan, né?, 2007, chacina, não vou nem repetir porque vocês lembram, vocês sabem do que eu tô falando, a gente acompanhou o Complexo do Alemão na época, quem já tava na ONG sabe, quem foi lá viu aquele monte de balas, aquelas marcas todas nas paredes, os corpos nas ruas, aquilo não dá, bicho, foi das piores coisas que eu já vi nessa vida, e olha que esse lombo já viu muito, visita do Papa, Jornada Mundial da Juventude, Copa do Mundo, Copa do Mundo basta falar 7 a 1, né?, 7 a 1 explica, que mané Copa do Mundo, grana pra empreiteira construir estádio, arena em Brasília, arena em Cuiabá, arena na casa do caralho, porra, reformar mais uma vez o Maracanã, que agora é um ginásio enorme, sem alma, sem história, sem nada, tirando os pobres da festa, acabando com a festa, esse pão e circo todo com dinheiro público enquanto a saúde e a educação só se fodem, e essa caralha ainda não acabou, não, esse ano ainda tem Olimpíada, esse ano ainda tem Olimpíada, e é daqui a pouco, cara, e vai ser foda de novo, um monte de elefante branco na cidade, vila disso, vila daquilo, daqui a um ano tá tudo abandonado, as empreiteiras com o bolso cheio, caralho, caralho, e isso pra não falar do que fizeram com a Petrobrás, destruíram a parada, roubaram tudo que dava pra roubar e mais um pouco, só acordo, só acordão, só politicagem, PMDB rules, se não fosse por 2013 a gente estaria numa situação muito pior, muito mais vendidos, muito mais entregues, como se fosse absolutamente normal, se fodendo normalmente, sendo roubado normalmente, sendo um país cada vez mais capitalista neoliberal normalmente, um país mais entreguista normalmente, por isso 2013 foi importante, a gente tinha que dizer que não dava mais, que aquilo não era normal, e dissemos, e foda-se o que fizeram disso, porque o que importa é que a gente lutou e vai seguir lutando, porque quem sabe faz a hora, não espera acontecer, e a gente fez a hora, foi lindo, e digo mais, a democracia representativa já era, não tem mais condição, enquanto a gente apostar nisso vamos estar entregues, não tem jeito, porque o estado é tão somente um agente da burguesia, sempre foi e sempre será, tem que ocupar tudo mesmo, ocupar as escolas como os moleques secundaristas estão fazendo, aquilo ali tem que ser o modelo, ocupar tudo e assumir a gestão, argumentos pra cá e pra lá, o que tinha acontecido, o que deveria ter sido feito, o que precisava ser feito, posições discordantes na mesa até as onze, onze e pouco, quando os últimos remanescentes fecham a conta.

2.

No almoço do dia seguinte, Maria comenta com Dulce que ficou angustiada por não ter falado nada na noite anterior, pensou nisso no metrô na volta pra casa, pensou nisso antes de dormir, acordou pensando nisso, e se deu conta que o que mais a incomoda não é bem o silêncio, não ter dito nada, ter ficado quieta, é que ainda não sabe que avaliação fazer, porque não quer nem demonizar nem endeusar, não é por aí, um troço desse tamanho nunca é oito ou oitenta, um xis numa prova de verdadeiro ou falso, foi bom, ponto, foi ruim, ponto, mas não sabe nem se acha que o troço foi mais pra bom ou mais pra ruim, mesmo que lembre de detalhes, das mobilizações, da adrenalina, da montanha-russa de emoções, de acompanhar a maior manifestação de todas recém-chegada ao Rio de Janeiro, ainda em luto pelo divórcio, sozinha, sem amigos na cidade, aquela quantidade insana de pessoas vindo de todos os lados, de barca, de ônibus, de metrô, de táxi, a pé, com cartazes, vuvuzelas e cervejas nas mãos, animadas e alegres, excitadas, pra fazer história, pra fazer o Brasil mudar, que cantavam em busca da mudança, ela ficou feliz com a multidão que via chegar à Presidente Vargas, encantada com aqueles dizeres todos, com aquelas cores todas, com aquela criatividade, com os papéis picados que caíam das janelas dos prédios, com as danças, com os beijos, com as bandeiras vermelhas tremulando próximas a um carro de som no meio da avenida, as bandeiras que ela reconhecia de outras lutas, bandeiras que já tinham feito ela gritar, chorar, brigar, virar voto, que faziam ela lembrar de tantos amigos com quem já tinha ido pras ruas, das caminhadas em dia de eleição em Porto Alegre, dos primeiros votos, bandeiras das quais se aproximou e, quando viu, estavam cercadas por várias pessoas de preto que gritavam sem partido, sem partido, sem partido, que gritavam sem bandeira, sem bandeira, sem bandeira, e uma pessoa de preto mostrou uma faca e ameaçou um militante que segurava o mastro de uma bandeira vermelha bem do lado dela, e aí começou uma correria enorme, e ela também correu, correu muito, um tempão, e quando sentiu que podia parar de correr, assustada, tremendo, o coração aos pulos, percebeu que já estava perto da prefeitura, e viu que tinha uma fileira de policiais com escudos enormes e armas em punho na frente do prédio, e todo mundo ficou com medo e parou de andar, e a multidão ficou meio acavalada, e ela lá, sozinha, espremida, e ouviu a primeira bomba de gás lacrimogêneo estourar, o barulho seco, o cheiro estranho, a irritação na pele, nos olhos, a dificuldade de respirar, era a primeira vez na vida que era atacada pela polícia, algumas pessoas gritavam que não era pra correr, e mesmo desesperada e com muita vontade de correr ela andou devagar e também gritou não corre, e só pensava em sair dali, porque se estourasse a boiada ia ser catastrófico, ia ter gente atropelada, gente pisoteada, horrível, sempre teve medo disso, e ela tentou ir pra longe das bombas que explodiam às suas costas e deu de frente com um grupo de pessoas que gritava pra não recuar, que o povo unido era mais forte, que não era pra desistir, e ela continuou andando sem ver quase nada até que conseguiu sair do tumulto e acelerou o passo, só queria ir embora o mais rápido possível, e entrou num táxi parado ao lado da Candelária, indicou o destino, jogou o corpo no banco traseiro e não parou de tremer até Botafogo, e desceu do carro na frente do Aurora, pediu um chope pra baixar a adrenalina, e viu na televisão a Presidente Vargas filmada de um helicóptero, e a rua que estava repleta de gente havia tão pouco tempo estava completamente deserta, e ela se preocupou com o que poderia estar acontecendo com aquelas centenas de milhares de pessoas que estavam lá antes, se tinham conseguido escapar ou se estavam emboscadas pela polícia nas ruas estreitas e escuras do Centro, sofrendo com as bombas de gás lacrimogêneo, tomando tiros de bala de borracha, escondidas em bares da Lapa, impedidas de voltar pra casa, caçadas pela polícia, e só soube depois que foi mesmo o que rolou, e a tevê revezava imagens de diferentes cidades, depois apareceu o prédio do congresso nacional em chamas, tomado por manifestantes que faziam sombra no concreto armado projetado pelo Niemeyer, e um dos clientes disse que nada era mais emblemático do que aquela cena, a sombra do povo no centro do poder, os ladrões iam ver, e ela concordou em silêncio, nada poderia ser mais emblemático do que a sombra do povo no centro do poder, mas não sabia se aquilo era bom ou era ruim, não sabia lá e não sabe agora, e acha que foi por isso que ficou quieta o tempo todo na noite anterior.

3.

E Maria fala que ainda é muito otimista, que tem que parar com isso, porque sempre acha que no final as coisas vão dar certo, no final as coisas se acertam, se encaixam, e às vezes é pega meio desprevenida, por exemplo, nunca imaginou que fosse mesmo rolar o golpe, ainda mais tão rápido, em Cuba nem tinha olhado as notícias, só foi entrar na internet no último dia, até lá estava bem de boa, mas agora ela se lembra de uma coisa que tinha apagado completamente da memória, um dia que uma amiga de Porto estava de passagem pelo Rio e elas foram pra praia, passaram quase o dia todo no Leme, de boa, solzão, mar, mate, biscoito Globo, aquela coisa, dia clássico, relax máster, e depois foram caminhando até o Sat's, aquele cardápio de cachaça que não acaba nunca, um chopinho, um coraçãozinho de galinha, uma farofinha de ovo, a lombra da praia, tu sabe como é, e um pouco antes das oito, oito e pouco nós fomos pra casa, e quando descemos do táxi, quase na esquina da minha rua, ali na Humaitá, ouvimos um barulho estranho, sei lá, um barulho que eu nunca tinha ouvido, era domingo, pensei que podia ser alguma coisa de futebol, mas não tinha jogo do Flamengo naquele dia, quando tem jogo do Flamengo a gente sempre ouve um rugido quando sai gol, pênalti, essas coisas, mas só tinha jogo do Botafogo, era o jogo que o taxista tava ouvindo no caminho, e jogo do Botafogo não tem barulho, só de vez em quando alguém grita Fogo, é até engraçado, eu acho bonito, sempre imagino que é um velhinho, mas não tinha nada a ver, não era futebol, era outra coisa, outro tipo de barulho, e a gente se olhou e minha amiga perguntou o que era aquilo e eu falei que não sabia, e a gente foi subindo a minha rua e o barulho não parava, era um barulho alto, meio agudo, e me dei conta do que era, era o panelaço, a gente tinha esquecido que de tarde tinha tido manifestação e de noite ia ter coletiva dos ministros, era muita gente na janela batendo panela, batendo com força, com raiva, e olha que meu bairro nem é dos piores, nem é dos mais conservadores, só que parecia uma onda, sei lá, parecia que tava todo mundo batendo, claro que não era isso, né?, muita gente deve ter ficado chocada, espantada, triste que nem a gente, mas parecia mesmo que era todo mundo, era essa a impressão, tamanho era o barulho, e eu disse pra essa minha amiga que ia ter um golpe no Brasil, eu meio que senti aquilo, não foi racional, foi uma sensação mesmo, que não tinha mais volta, que ia rolar o golpe, que a coisa já tinha se alastrado, e quando a coisa se alastra assim é muito difícil de parar, não tem muito o que fazer, foi assim com o fascismo na Itália, foi assim com o nazismo na Alemanha, não foi coisa do Mussolini sozinho, não foi coisa do Hitler sozinho, o Wilhelm Reich disse isso em 1933, em cima do lance, as massas não foram enganadas, as massas desejaram o fascismo, eu fui numa exposição em Berlim chamada Hitler e o povo alemão e lá mostrava muito bem que tinha sido coisa de multidão, e quando é assim é difícil de parar, e foi por isso que eu senti que ia ter golpe, foi ali a primeira vez que eu senti que ia acontecer, eu tinha esquecido completamente disso.

4.

Tá, então é assim que se vive um golpe, né?, eu sempre me perguntei como é que é isso, tirando aquelas histórias que a gente conhece, que estuda no colégio, a marcha da família com Deus pela liberdade, o movimento das tropas de Minas Gerais pro Rio de Janeiro, a declaração de que a presidência estava vaga, o Jango fugindo pro Uruguai, o congresso elegendo o Castelo Branco, a vida de quem foi diretamente perseguido, sei lá, Marighella, Lamarca, Herzog, o Miguel Arraes lá na tua terra, o Brizola na minha, a galera do Partido Comunista, a galera militante, a galera da luta armada, os professores expurgados, os músicos, Chico, Caetano, Gil, Vandré, beleza, mas eu sempre tive curiosidade de saber como era isso no dia a dia, sei lá, pra quem era contra a ditadura mas não era um militante, um engenheiro, uma enfermeira, uma costureira, uma advogada, como é que era?, seguia a vida normal?, como se nada tivesse acontecido?, como se nada tivesse acontecendo?, por exemplo, eu sempre fiquei me perguntando como é que meus pais decidiram ter eu e o meu irmão durante a ditadura, eu acho muito louco isso de colocar duas pessoas no mundo sem ter nem democracia no país, tudo bem que já era comecinho dos anos 80, já não eram mais os anos de chumbo, a parada já tava meio que reabrindo, mas era ditadura mesmo assim, né?, e é meio que isso que a gente tá vendo, que a gente tá vivendo, a vida segue, eu não quero comparar nossa situação com a ditadura, não é isso, era muito pior, lógico, a gente não tá num AI-5, mas minha questão é essa, como é que se vive com um golpe?, tipo, a ONG não abriu na segunda, beleza, todo mundo tava mal, ok, mas na terça já teve reunião, na quarta já começamos a tocar os projetos de novo, fazer as coisas que sempre fizemos, voltar à rotina, ontem já tomamos uma cervejinha, tudo bem, tá todo mundo mais triste, tá todo mundo mais quietinho, sim, sim, tá todo mundo assustado, é verdade, mas a gente tá fazendo as coisas, né?, hoje já é sexta, daqui a pouco já faz uma semana da votação, a gente almoçou no Bardana como sempre almoça, as mesmas pessoas no restaurante, os mesmos pratos, o mesmo gosto, a cidade tá igual, não tá mais vazia, não tá mais cheia, tá normal, todo mundo fazendo suas tarefas, acordando, pegando o ônibus, pegando o metrô, indo trabalhar, essas coisas que sempre se faz, estão jogando futebol, tem muito samba, muito choro e rock and roll, uns dias chove, noutros dia bate sol, é muito estranho isso, ficar triste a gente fica de vez em quando, quando se separa, quando briga com alguém querido, quando vê um filme, quando fica sabendo de alguma situação chata, quando tem alguma decepção, sei lá, a tristeza faz parte da vida, agora é tristeza com o golpe, mas é curioso, não muda a vida da gente, mesmo com golpe a vida segue, a gente tá aqui, fazendo o caminho que sempre fez, passando pelos mesmos camelôs, com os mesmos produtos, com as mesmas ofertas, parece que tá tudo igual, parece que nada mudou, parece que é a mesma coisa de sempre.

5.

Acordar cedo, um pãozinho francês com manteiga, queijo e presunto, iogurte com frutas picadas e granola, uma caneca de café com leite, almoço no Bardana, no Beduíno, no Metamorfose, uma academia preguiçosa duas ou três vezes por semana, um happy hour, um cineminha, jantar fora de vez em quando, um sexozinho casual, uma praiana no fim de semana, um exposiçãozinha no CCBB, no IMS, no MAM, um teatro, uma festa no sábado, aniversário de um colega e quatro amigos de Escorpião no bar no segundo andar de um sobrado na Rua da Relação, uma rua meio deserta e escura na Lapa, as mesmas turmas de sempre, a galerinha da ONG, a galerinha dos direitos humanos, a galerinha do PSOL, a galerinha da saúde mental, a galerinha da universidade, rostos conhecidos, o DJ parceiro da galera que começa a bombar a pista à meia-noite, um código que todo mundo pega nos primeiros acordes da guitarra, toda menina baiana tem um santo que deus dá, toda menina baiana tem encantos que deus dá, toda menina baiana tem um jeito que deus dá, toda menina baiana tem defeitos também, que deus dá, que deus deu, que deus dá, mãozinhas levantadas e gritinhos, ah, ah, ah, ah, que deus deu, ô, ô, ô, que deus dá, ah, ah, ah, ah, que deus deu, ô, ô, ô, ô, que deus dá, Aquarius, Kléber Mendonça Filho, a personagem da Sônia Braga que no começo do filme dança a música do Gil, todo mundo empolgado com a história de resistência contra a violência da especulação imobiliária no Recife, a história da especulação no Brasil, a história da garra, a pista cheia, gente dançando em roda, gente dançando sozinha, gente dançando de olhos fechados, gente suando, gente cantando junto, Emoriô, É d'Oxum, uns Metá Metá, uns Caetano, uns Jorge Ben, Madonna, BaianaSystem, Eu faço figa pra essa vida tão sofrida terminar bem sucedida, luz do sol é minha amiga, luz da lua me instiga, me diga você, me diga, o que é que sara a tua ferida, me diga você, me diga, fichinhas de cerveja, brindes, copos divididos, caipirinhas, gins-tônicas, a fila do banheiro, o xixi, o saquinho plástico com um desenho tosco do Maradona, olha o que eu tenho aqui, tá a fim?, e Maria diz que sim, e sente uma coisa boa com a primeira fungada numa das quatro linhas que Dulce monta com o cartão de crédito em cima do celular, a narina amortecida, a ligadeira, a travadinha na goela, o ânimo pra beber mais, pra conversar, pra aceitar mais uma linhazinha, pra voltar pra pista e beijar o casal de amigas que abraça ela no meio de Reconvexo, Não tenho escolha, careta, vou descartar, quem não rezou a novena de Dona Canô, quem não seguiu o mendigo Joãozinho Beija-Flor, quem não amou a elegância sutil de Bobô, quem não é recôncavo e nem pode ser reconvexo, um beijo triplo, longo, curtido, línguas pra lá e pra cá, um pouco mais com uma, um pouco mais com outra, um pouco mais as duas, um pouco mais as três, e elas se abraçam e riem, e se dão um selinho triplo, e pegam os copos e fazem um brinde, e atrás delas dois amigos também se beijam, e Maria abraça eles, e se intromete no beijo, três bocas molhadas, seis mãos entrelaçadas, e ela beija outro amigo que está perto, e esse amigo beija outro amigo, e ele beija duas amigas, dois a dois, três a três, quatro a quatro, um a um, a pegação generalizada, desmedida, exagerada, a farra até quase de manhã, quando a dona do lugar acende as luzes e diz pros aniversariantes que tem que encerrar, ela e os funcionários precisam descansar, a cerveja acabou, deu a hora, e com as luzes acesas as pessoas começam a pagar as comandas e ir embora sem ninguém perguntar e agora pra onde?, pro apê de quem?, com quem?, porque tinha sido só aquilo mesmo, uma beijação louca e longa que nunca tinha acontecido antes que talvez fosse um jeito meio desajeitado de mostrarem uns aos outros que estavam juntos.

RECRUDES-
CIMENTO

1.
    Regina diz que já haviam cumprido todos os pontos da pauta, que estavam com fome, tá na hora do almoço, mas antes de encerrar a reunião gostaria de dar uma notícia ao grupo, que não é uma notícia fácil de ser dada, que faz isso com dor no coração, mas ao mesmo tempo com a tranquilidade de uma decisão amadurecida ao longo de muito tempo, de muita meditação, de muita reflexão, de muita conversa, e nessas meditações, reflexões e conversas tinha decidido deixar a direção da ONG, que depois de vinte anos à frente da instituição era a hora de outra pessoa assumir a frente, tocar o barco, conduzir, e mal termina a última frase várias pessoas começam a falar ao mesmo tempo, que ela não pode fazer aquilo com eles, deixar eles ao deus-dará, ela é a timoneira, o esteio, o prumo da instituição, que confiam muito nela, que ela é a própria ONG, não pode fazer isso com eles, de jeito nenhum, e ela ri, e agradece, e responde que fica lisonjeada com o carinho de todos, que entende o medo, que ela também está assustada, mas é importante deixar claro que não vai se aposentar, não vai largar a instituição, só não vai mais ser diretora, vai seguir ajudando no que puder, porque além de sentir saudade do chão de fábrica, do dia a dia, da rua, está exausta do cargo, do peso da caneta, da decisão, de estar no centro, e eles têm que entender isso, que ela está cansada, tem gente na sala que não tem de vida o que ela tem de direção, é muita coisa, é hora de passar o cargo pra alguém

com sangue novo, com mais energia, com frescor, alguém ligado em questões que ela não entende mesmo que se esforce, e olha que ela se esforça, viu?, redes sociais, novas dinâmicas da política, pautas, métodos, etecétera, tem se sentido velha, fora de moda, mas sem neuras, só um desencaixe normal, passagem do tempo, tudo certo, e ela fica tranquila porque sabe que tem muita gente que leva jeito pra coisa, com perfil de liderança, com experiência, com tempo de casa, e podem ter certeza de contar sempre com ela, ela estará lá, ajudando, pensando junto, brigando, enfrentando as dificuldades, celebrando as alegrias, e nem vai cravar um prazo específico pra sair, um, dois, três meses, só está comunicando a decisão porque é importante ver quem se interessa, deixar o desejo chegar, piscar o olho pro colega, montar chapa, enfim, ver quem toma a frente.

2.

Regina coloca as mãos no rosto e faz um gesto pedindo pra pararem com os aplausos e gritos com seu nome e outro gesto indicando que a reunião tinha acabado e esses gestos funcionam como um convite pros colegas saírem dos seus lugares e irem abraçá-la, beijá-la, agradecê-la, e Maria se aproxima devagar, com as mãos no bolso da calça jeans, meio tímida, dá um abraço longo em Regina e diz que é muitíssimo grata pela oportunidade de trabalharem juntas, que Regina é uma bússola pra ela, que é um orgulho imenso ser coordenada por uma mulher tão sólida, rigorosa, generosa, e Maria lamenta muito que ela vai deixar o cargo, que não esperava aquilo, mas entende os motivos, e só queria mesmo dizer muito obrigada, e Regina retribui o abraço e responde que não precisa agradecer, que é sempre bom contar com gente assim como Maria, séria, animada, trabalhadora, que dá tranquilidade pras coroas como ela, que podem antever uma espécie de continuidade de caminho, é claro que Maria está construindo a própria trilha, talentosa e guerreira do jeito que é, mas sabe que há princípios comuns entre elas, e essa é uma garantia de permanência de uma postura e de um processo muito importante pra quem criou a instituição com tanto amor e carinho e que agora sente que é a hora de passar o bastão, pois o tempo é sempre o senhor dos destinos.

3.

Tem que ter impeachment, é a única saída, rapaz, a solução mais fácil era botar o Michel, é um acordo, botar o Michel, num grande acordo nacional, com o Supremo, com tudo, o ministério de vinte e poucos homens brancos, a ponte para o futuro que é a história parada do Brasil, a eterna repetição de novo, mais uma vez, o presidente mantido no cargo mesmo com o vazamento do áudio com aquelas frases escrotas que deixam evidente como é tudo armação, tudo arranjado, tudo conchavo, o escândalo público que não faz nem cócegas no avanço do processo de um impeachment apesar de ser uma declaração explícita de que aqueles caras escolheram tirar a primeira presidenta da história do país só pra estancar a sangria, num golpe ratificado pelo senado numa sessão que Maria faz questão de acompanhar na íntegra, quase quatorze horas da defesa de Dilma, da fala dela, dos advogados, da presença do Lula e do Chico Buarque na galeria do plenário, das cartas evidentemente marcadas que, dois dias depois, levam ela e Dulce a sair direto do trabalho pro ato meio triste, com pouca gente, com pouca energia, ato que é o símbolo de uma derrota melancólica, mas no qual elas fazem questão de marcar presença, fazer número, aparecer como um pontinho a mais na foto tirada do helicóptero pra rodar a internet e os jornais do dia seguinte, gritar, cantar, colar adesivos na camisa e partir com a sensação de missão cumprida no começo da noite, Dulce pro samba na Pedra do Sal encontrar uma prima, Maria num táxi em direção à Praça Varnhagen, onde um amigo comemora a defesa de doutorado.

4.
Quando chega ao largo lotado, Maria só encontra a mesa enorme quando Raul grita o nome dela, acena e se levanta pra receber o abraço longo e os parabéns, garçom, mais um copinho pra essa moça linda que acabou de chegar, por favor, e ela responde que quer o copinho, sim, mas precisa muito ir no banheiro, já volta pro brinde, e quando passa perto da mesa ao lado percebe que um cara olha pra ela de um jeito estranho, mas não dá bola, deve ser mais um mané flertando, que coisa mais desajeitada, pelamor, e Maria faz xixi, lava as mãos e se arruma na frente do espelho, e na volta ela refaz o caminho, e o cara olha mais uma vez do mesmo jeito, não é pra bunda, não é pro peito, não é pra coxa, não é o olhar de assédio de sempre, o cara acompanha os passos dela até ela puxar a cadeira, sentar ao lado de Raul e dizer agora sim, e Raul enche os dois copos e eles brindam ao novo doutor, e ele apresenta as pessoas da mesa, a mãe, o pai, a irmã, a orientadora, o namorado, todo mundo meio bêbado, sorridente, simpático, e Raul conta que quase não conseguiu dormir na noite anterior,

estava uma pilha de nervos, nem sabe quantas versões da apresentação preparou, uma muito longa, uma muito curta, uma muito ruim, uma nada a ver, uma merda, até que conseguiu fazer algo decente, e na hora respirou fundo e foi, seja o que a deusa quiser, e até que apresentou direitinho, sabe?, a banca adorou, e eles brindam mais uma vez, e conversam, as falas da banca, o ato, a vida, e Maria diz que precisa fazer xixi de novo, sabe como é cerveja, e quando passa na mesa ao lado o cara olha estranho de novo, e Maria olha de volta e vai em direção ao banheiro, e na volta ele olha firme nos olhos dela e pergunta bruscamente se a Dilma é uma guerreira da pátria brasileira mesmo, e ela coloca a mão no adesivo colado na altura da barriga e diz que sim, que Dilma é uma guerreira da pátria brasileira, e o cara dá uma risada e diz que já era, não adianta ficar de mimimi, é melhor aceitar que dói menos, que aquele bando de pão com mortadela, aqueles corruptos ladrões, aquela quadrilha de comunistas filhos da puta de merda foi varrida do mapa, graças a Deus, e Maria fica com medo, sem saber o que fazer, respira fundo e pergunta se ele prefere o Aécio, se acha que o Aécio é uma boa opção, e o cara gargalha e responde que o esquerdopata do Aécio é a mesma merda, farinha do mesmo saco, literalmente farinha do mesmo saco, playboyzinho cheirador drogado do caralho, só o mito pode salvar, só o mito, e ela pergunta quem e ele diz Jair Messias Bolsonaro, o mito, e ela pergunta se ele sabe que Bolsonaro é a favor da tortura, e ele nem deixa Maria terminar a frase e replica que tem vontade de pegar todas aquelas pessoas que estão na outra mesa, todos os barbudinhos, todas as feminázis, todos os veadinhos, levar pro presídio de Ilha Grande e torturar um a um, arrancar a unha, dar choque, meter no pau-de-arara, quebrar ao meio, e Maria respira fundo e diz que já foi pra Dois Rios e viu que o presídio de Ilha Grande tá em ruínas, que conhece pessoas que foram torturadas e é um absurdo ele dizer aquilo, a tortura é crime hediondo, lesa-humanidade, é uma das piores coisas que pode existir, é uma covardia sem tamanho, e ele diz que não vê problema com as ruínas, que com certeza tem muita gente disposta a construir um presídio novo pra prender e torturar a esquerdalha, só de amigos dele tem uns dez, e essas pessoas que ela conhece com certeza fizeram coisas muito erradas, ou não seriam torturadas, só era torturado quem fazia coisas muito erradas, e isso que as porras das leis foram feitas por esquerdistas e ele não tá nem aí pra elas, pouco se fodendo, hediondo é o caralho, lesa a puta que pariu, é o mito, porra.

5.
Maria pergunta se pode sentar com eles um pouco, e ele faz uma cara de espanto, olha pros lados e abre os braços, sim, claro que sim, welcome, e Maria diz que vai só buscar o copo e já volta, e quando ela chega na mesa Raul faz uma cara de que porra é essa?, tá tudo bem?, e ela responde que sim, não sabe qual é a do cara, mas vai conversar com ele, e retorna, puxa a cadeira, senta, e o rapaz diz pra ela ficar à vontade, essa é minha namorada, Beta, eu sou o Márcio, aquele é o Rodrigo, aquele é o Roberto, e pede licença, precisa ir ao banheiro, já volta, e quando ele se levanta a namorada avisa que o Márcio é a pessoa mais inteligente que ela conhece, não vai ter jeito, ele adora discutir essas coisas e sempre ganha, tem uns argumentos

muito pica, e Maria retruca que não está ali pra disputar nada, não quer ganhar nem perder, só quer conversar, entender, ouvir, debater, e o rapaz retorna com uma cerveja na mão, enche os copos vazios, olha pras duas gurias que cochicham na mesa ao lado e diz tá vendo?, tá vendo?, são lésbicas, eu não tenho nada a ver com o que as pessoas fazem nas suas casas, mas nós estamos em um lugar público, tem até criança aqui, assim não dá, e Maria responde que conhece as duas e por acaso não são lésbicas, não, e que é curioso ele ficar tão incomodado com duas meninas conversando, e Márcio fala que se incomoda porque aquilo é uma falta de respeito, a putaria não tem nem hora nem lugar, é de manhã, é de tarde, é de noite, na praia, no shopping, no bar, e ele olha com raiva pras duas amigas que cochicham e riem, um olhar que Raul devolve com preocupação, e o cara grita qual foi?, que tá olhando?, eu não sou veado que nem tu, eu vou quebrar a tua cara, mané, e Maria faz um sinal pro amigo indicando que está tudo bem, e o rapaz diz que é melhor ela controlar os amigos dela senão a coisa vai ficar feia, ele não gosta de deboche, ainda mais deboche de veado, e dá um dedo pra não entrar numa briga, mas também dá uma mão pra não sair, e ela diz que tá tudo bem, que não tem nada, que ninguém quer confusão, e ele diz que também não, mas não tolera desaforo, tem coisas que não dá pra aguentar calado, deboche de veado é demais.

6.

Carlos Alberto Brilhante Ustra é que foi um guerreiro da pátria brasileira, não a terrorista da Dilma, ele é quem devia ser louvado, é só estudar história pra saber disso, ele protegeu a nação, protegeu o povo, defendeu a sociedade, e Maria responde que Ustra não só foi um torturador como torturava especialmente mulheres, enfiava ratos nas vaginas delas, e ela pergunta se ele gostaria que a mãe, a irmã ou a namorada passasse por aquilo, e ele diz que nenhuma delas corria aquele risco porque eram pessoas corretas, que o coronel só fazia aquilo com quem vacilava, como ele já disse e vai repetir, o Ustra só defendeu os interesses da pátria, e Maria diz que ouvir isso é muito violento pra ela, que não é fácil, que se sente pessoalmente atingida, mas está tentando escutar e ele tem que escutar também o que ela tem pra dizer, ou não tem motivo pra ela ficar ali, está ali pra conversar com alguém que pensa diferente dela, e Maria chama o garçom e diz pra marcar uma cerveja de 600 na sua comanda, por favor, e o rapaz diz que aceita a cerveja e a conversa, mas tem certeza que as armas são muito mais eficazes do que o blá-blá-blá, que as armas resolvem aquilo que o blá-blá-blá enrola, e Maria fala sobre divergências, diferenças, votos, que as coisas podem ser muito melhores do que são, mas só com democracia é que o país vai avançar, e ele responde que até concorda com algumas coisas, mas no tempo dos militares não tinha violência, não tinha corrupção, tinha democracia, e não tinha essa putaria bizarra, homem com homem, mulher com mulher, mulher que vira homem, homem que vira mulher, as pessoas respeitavam a ordem, milagre econômico, paz, prosperidade, e ela diz que não é bem assim, que tinha corrupção, sim, que a ordem era violenta e isso não estava certo, e a economia não tinha ido tão bem assim, a inflação, por exemplo, era altíssima, e ele diz que é a vez dele pedir a cerveja e não aceita desfeita, pega mal filar cerveja de mulher, o que é que vão pensar de mim?, e ri, e Maria diz que já ficou tempo demais ali, quer ficar um pouco mais com os amigos e ela agradece e volta pra sua mesa.

7.

Raul sussurra que porra foi essa, amiga?, e Maria responde que não sabe muito bem, teve um ímpeto meio louco de trocar ideia com o cara, nunca tinha ouvido ninguém falar antes assim, tão abertamente, tão explicitamente, tão deslavadamente, que é a favor da ditadura, que é a favor da tortura, que quer torturar ela e os amigos dela, que as armas são melhores que a conversa, que é discípulo de Bolsonaro, chamou o cara de mito, vê se pode?, ele parecia um animal exótico, muito convicto, certeza pura, zero hesitação, e só ele falava, os amigos e a namorada ficaram quietos o tempo todo, e Raul diz que só ela mesmo pra dar trela pra maluco, que não sabe se ela percebeu, mas ficou quase uma hora lá, e que acha que as pessoas que deram a vida pra que não tivéssemos mais aquilo no país não merecem que um idiota diga essas coisas, pessoas que foram torturadas, que perderam familiares, amigos, que tiveram filhos sequestrados, que até hoje não se sabe nem onde estão seus restos mortais, ninguém merece que alguém diga essas coisas, é a falta de memória do povo, pois é, cara, eu às vezes me imagino vivendo nesse tempo e me envolvendo de corpo e alma, mudar de rosto, de casa, de profissão, usar codinomes, ainda bem que isso é página virada, né?, só resta uma meia dúzia de imbecis como esse e deu, nem palanque tem pra essa estupidez, mas vamos mudar de assunto que hoje é dia de festa, hoje é dia de comemoração, fala mais sobre a defesa, como é que foi?, e eles conversam sobre as diferenças entre a zona norte e a zona sul da cidade, o terreiro que ele frequenta e ela quer conhecer, a infância dele em Bento Ribeiro, a dificuldade que ela tem de conhecer caras legais no Rio de Janeiro, sempre a mesma coisa, se é legal não é bonito, se é bonito não é legal, se é bonito e legal é ruim de cama, não dá liga, fofocas entre eles, conversas com outras pessoas da mesa, que aos poucos partem até ficarem só os dois e o namorado dele e o garçom perguntar se vão querer a saideira, e claro que querem, e tomam, e pagam a conta, e param numa carrocinha de cachorro-quente na quina da praça, e tomam uns latões mornos de Brahma sentados num banco até o dia amanhecer.

8.
Maria larga a bolsa na mesa de trabalho, sente um cutuque no ombro, vira o pescoço pra trás e vê Heloísa sorridente, dá bom dia, bom dia, querida, tudo bem?, podemos almoçar juntas?, queria conversar com você sobre alguns assuntos pessoais, Maria fica desconfiada, pergunta se é alguma coisa grave, alguma coisa urgente, Heloísa sorri e diz que não é nada grave, mas talvez um pouco urgente, e Maria responde que podem almoçar, sim, claro, por volta da uma deve estar liberada, podem se encontrar na portaria do prédio nessa hora, e elas caminham até um bufê que Heloísa diz que acha ótimo, grelhados, saladas, bufê que Maria conhece e não gosta, restaurante de executivo, mais caro que bom, pretensioso, cheio, com fila de espera, e Heloísa fala sobre a vida, sobre como gosta da Tijuca, que é onde os avós dela moraram a vida toda, onde os pais se conheceram e de onde nunca saíram, onde ela também sem-

pre morou com o marido, o único problema é ser longe da praia, né?, nessa época o Rio fica muito quente e ela ama uma prainha, aliás, o calor fluminense deve ser muito difícil pra ela que veio do sul, uma vez foi pra Curitiba e era muito, muito, muito frio, quase congelou, e Maria diz que é de Porto Alegre, não do Paraná, tem Santa Catarina inteira no meio, que no Rio Grande do Sul faz um calor absurdo também, e Heloísa responde que não fazia a menor ideia, na minha cabeça no sul é frio o tempo inteiro, meu sonho é conhecer Gramado, um vinhozinho, um fondue, hum, o Natal Luz, parques temáticos, tem um bar que é todo no gelo, né?, os agasalhos, touca, cachecol, sobretudo, luva, todo mundo elegante, lembra a Europa, né?, e Maria diz que não é bem assim, que no Rio Grande do Sul as quatro estações são muito marcadas, inverno, verão, outono, primavera, cada uma com suas características, e o frio não é confortável, não, não é charmoso, não, porque lá não tem estrutura nas casas, aquecimento, calefação, essas coisas, tem gente que literalmente morre de frio, literalmente, galera que mora na rua, opa, que bom que vagou uma mesa, tô com muita fome, e as duas montam os pratos, e voltam pra mesa, e antes da primeira garfada Heloísa faz uma cara séria e diz que ficou emocionadíssima quando Regina anunciou que vai deixar o cargo, que a trajetória dela é lindíssima, admiração total, máximo respeito, é importante todos reconhecerem, pedirem pra ela ficar, salva de palmas, gritar o nome, etecétera, mas ela pensa que foi uma decisão acertada, a Regina é muito sábia, os tempos são outros mesmo, é muito bacana da parte dela abrir espaço pros mais jovens, e, assim como Regina, também meditou muito e concluiu que se sente, sim, pronta pra função, e gostaria de convidar Maria pra ser sua vice, que podem compor uma bela dupla, uma dupla entrosada, bacana, que elas trabalhavam em áreas diferentes e essa variedade era importante, e que o almoço era pra isso, pra fazer o convite, e espera muito que ela possa aceitar, e Maria baixa os olhos, sorri meio sem jeito, diz que se sente honrada, mas que, sinceramente, não tem vontade de assumir a gestão, questão de gosto mesmo, que o que ela curte é botar a mão na massa, e essa é uma posição pessoal, não está certa nem errada, talvez seja mais legal ver alguém com mais tempo de casa assumindo, alguém com mais história lá, mais vivência, mais conquistas, e ela agradece muitíssimo pelo convite e espera que Helô não leve a negativa a mal.

9.
Nas semanas seguintes foi só disso que se falou nos corredores da ONG, nos cafezinhos, nos almoços e nos bares, que estava chegando a hora, que precisavam decidir como se daria o processo sucessório, se fariam eleições diretas, se as chapas se inscreveriam, qual seria o tempo de gestão, alguns achando que era muita responsabilidade, outros que não se sentiam prontos, não tinham o perfil ou interesse, e foi um alívio quando a chapa única composta por Heloísa e por Saul se inscreveu, sabe-se lá o que aconteceria se ninguém se candidatasse, sorteio, revezamento, gestão colegiada, decania, e Regina pede uma salva de palmas aos novos coordenadores, tem certeza que os colegas confiam muito neles, nas novas lideranças, e que eles vão fazer da ONG uma instituição ainda melhor, mais atenta e mais sólida na luta pelos direitos humanos, por uma sociedade mais justa em tempos tão difíceis, novos

coordenadores que aceitaram uma tarefa importante, difícil e bonita, conduzir um grupo heterogêneo, mas muito unido, e deste momento em diante estão empossados, um viva à nova coordenação, e Heloísa lembra do orgulho e da responsabilidade de suceder a fundadora da ONG, a grande responsável por todo o reconhecimento e prestígio que a instituição tem no Brasil e fora dele, uma pessoa cuja história fala por si, um dia inteiro e ainda assim não citaria todas as passagens de sua exitosa trajetória, ela e Saul também gostariam de pedir uma salva de palmas pra Regina, gratidão eterna, viu?, o buquê de hortênsias e lírios brancos e um bilhetinho onde Regina lê que palavras jamais serão o bastante pra dizer o quanto ela é importante, flores, bilhete e aplausos que Regina recebe com um sorriso enorme no rosto, feliz, recompensada, satisfeita, agradece pelo mimo e avisa que no período de transição vai passar alguns macetes, rotinas e atalhos pra dupla de novos gestores, obrigada e parabéns mais uma vez, vocês são o futuro da nossa instituição.

10.

Maria e Dulce concordam que a homenagem foi um pouco novela mexicana, mas foi bonita, e admitem que, sim, têm uma implicância com Helô e Saul, que não gostaram da aclamação, se vê de longe que eles querem muito ficar no centro, no poder, nunca tiveram relevo em lugar nenhum, uns profissionais corretos, vá lá, nada além disso, nenhuma ideia brilhante, proposta de evento, intervenção, publicação, nada, e tá na boa, nem todo mundo é gênio, a vida é assim, paciência, mas é impossível não perceber que já estão gozando muito com o cargo, tinha colegas mais aptos, com mais tempo lá, que mereciam mais, pelo menos eles foram respeitosos com a transição, foram reverentes à história da Regina, não atropelaram, bom, talvez elas tenham exagerado na antipatia, eles não fizeram nenhuma alteração substantiva no trabalho, tudo tranquilo, tudo bem, até melhor que antes, porque Regina escolheu se encaixar na área delas, monitoramento da violência institucional, acompanhar, vistoriar e denunciar a brutalidade que atinge pessoas encarceradas em presídios, em hospícios, em hospitais de custódia, em centros pra crianças e adolescentes, em comunidades terapêuticas, e Regina diz que gostou da transição e está aliviada e ansiosa pra voltar à faina cotidiana, nunca esquece que a ideia de montar uma ONG surgiu depois de presenciar os corpos amontoados e o sangue derramado na chacina do Carandiru, cento e onze pessoas mortas pelo estado, pais, filhos, maridos, irmãos, amigos, vidas interrompidas, peças de roupas, cadernos, livros, chocolates, fotografias, cartas, lembranças pelo chão, perdidas entre marcas de tiros e cápsulas de bala, a cena mais impactante que ela já viu, ainda jovenzinha, vinte e poucos anos, metade da faculdade de Direito, estagiária do Ministério Público, uma cena que mudou sua vida, que fez ela entender que não adianta fugir, é preciso lutar com todas as forças contra o desprezo pela vida alheia, pobre, preta, e foi por isso que Regina fundou a ONG, no início eram só ela e duas colegas, em São Paulo, e a ONG cresceu, ganhou relevo, fama, importância, se mudou, foi pro Rio, entrou em outras áreas de atuação, questões de terra, questões urbanas, segurança pública, proteção a defensores de direitos humanos, quase cinquenta pessoas na equipe, e, sim, ela achava todas as pautas importantes, óbvio, as terras indígenas, o movimento sem-terra, as remoções das favelas, as revitalizações, a questão da violência policial, a proteção às pessoas que lutam pelas mais variadas causas, mas, nos últimos tempos, quando decidiu deixar a direção, quis voltar às origens, achou importante, e Maria diz que nunca viveu uma situação como a do Carandiru e sequer imagina como é, mas acha que entende esse envolvimento, porque se apaixonou pela luta antimanicomial também na faculdade, e essa virou uma das bandeiras da sua vida, meio encarnada, vestida, quase uma segunda pele, e vai ser massa vestir a pele com alguém tão foda, está muito feliz de ter Regina ao lado, na mesma área, é um orgulho, e Maria tem certeza de que vai aprender muito.

11.

Um ônibus do Humaitá pra Lapa, um ônibus da Gomes Freire quase esquina com a Riachuelo até o ponto praticamente na frente do condomínio, oi, oi, desculpa o atraso, primeira vez que venho aqui, o sorriso enorme de Regina, entra, fica à vontade, pena que a Dulce não pôde vir, mas date tem preferência, né?, o apartamento tipo loft, dois quartos pequenos e uma sala integrada à cozinha de azulejos vermelhos à la Almodóvar, piso de cimento queimado, móveis de madeira de demolição, o Pão de Açúcar, o Cristo, a Baía de Guanabara, a Floresta da Tijuca, o janelão que é um cartão-postal particular na casa confortável, clean, sem afetação, e Regina apresenta Maria ao marido, um cara de uns cinquenta anos, grisalho, de barba, calça de linho e camisa jeans, ao filho adolescente, cachopinha, uns fiapos de barba, bermuda cargo e uma camiseta branca meio rasgada, pés descalços, simpáticos, ambos gentis, a Regina fala muito de você, que bom que você veio, um potinho de amendoim, outro de castanha de caju, taças de sauvignon blanc, a vitrola antiga, as caixas de som, o Kind of blue, o Minas, o Let it be, o Pássaro proibido, o Chega de saudade, o sofá, o pufe, a vida em geral, Rio de Janeiro, Porto Alegre, bondinho, os sons dos tiros, a marrinha dos moradores do bairro que Maria conhece pouco, o Bar do Mineiro, o Serginho, o Céu na Terra lotado e deu, papo vai, papo vem, e Regina chama todos pra mesa, uma cumbuca com alface, rúcula, agrião, tomate e broto de alfafa, tudo orgânico, do Raízes do Brasil, um suflê de bacalhau que Regina busca no forno, a especialidade da casa, minha mãe sempre faz, ela nunca erra o ponto, é muito bom, fomos até a Cadeg só pra comprar os ingredientes, prova, e Maria elogia tudo, a salada, o vinho, o bacalhau, o pavê de maracujá que eles brincam que é o famoso pavê Jackson Pollock, a cobertura que ficou com um desenho engraçado, meio manchado, disforme, quero a receita desse Pollock, me dá mais um Pollock, por favor?, e eles adiantam juntos as coisas da louça, o marido e o filho de Regina vão pros quartos, e ela e Maria se atiram no sofá, abrem outra garrafa do vinho, falam de trabalho, filhos, relacionamentos, corpo, envelhecimento, sexo, ONG, pedacinho de pavê, e Regina pergunta se Maria não quer dormir lá, o sofá é ótimo, a galera sempre cai aqui, essa hora não tem mais ônibus, os ubers e os taxistas não gostam de subir, e Maria responde que quer tentar ir de manhã cedo na academia, vai ver se rola um táxi, na próxima sou eu que convido, viu?

12.
　Malucos, trabalhadores, estagiários, professores, simpatizantes, centenas de pessoas no Largo da Carioca pro ato da luta antimanicomial, cartazes, lugar de loucura não é no manicômio, lugar de loucura é na cidade, vidas loucas não podem ser encarceradas, quinhentos metros até a Cinelândia, panfletos, gritos, nenhum passo atrás, manicômio nunca mais, a escadaria da câmara de vereadores, o microfone aberto, dramas, precarizações, sucateamentos, alegrias, conquistas, a luta, o coro com o Harmonia Enlouquece, Sufoco da vida, quase um hino da causa, Estou vivendo no mundo do hospital, tomando remédios de psiquiatria mental, Haldol, Diazepam, Rohypnol, Prometazina, meu médico não sabe como me tornar um cara normal, a dispersão no final da tarde quando Maria, Regina e Dulce atravessam a Rio Branco até a Candelária pra concentração do segundo ato do dia, a manifestação contra Temer, centrais sindicais, carros de som, bandeiras de partidos, gente adesivada, enfatiotada, purpurinada, tem que manter isso aí é o caralho, e as três cruzam a Rio Branco no sentido oposto, agora acompanhando a multidão, e na chegada à Cinelândia ouvem o barulho seco das bombas jogadas pela polícia, e sentem o cheiro do gás que se espalha pelo ar, e se dão as mãos, e correm, e gritam, e pegam a rua de trás, e correm mais, e gritam mais, e dobram à esquerda, e correm mais, e entram num bar, sentam na última mesa vaga da varanda, ainda trêmulas, olhos e narizes coçando, alguns momentos de silêncio, estupefatas, assustadas, e falam uma por cima da outra, caralho, que filhos da puta, não tinha nada rolando, jogaram as bombas do nada, achei que ia ser só mais tarde, ainda

não tô respirando direito, achei que a gente ia se perder uma da outra, e pedem uma Brahma de 600, Maria enche os copinhos americanos, não pode beber sem brindar, dá azar, fica sete anos sem transar, e Regina ri e diz cruzes, deus me livre, mas um brinde a quê?, e ninguém sabe, e Maria reclama que a cerveja não pode esquentar e pede um brinde a nada, e batem os copos, fazem tim-tim, dizem um brinde a nada e expressões de prazer com os primeiros goles, e suspiram, os corpos quase atirados nas cadeiras de plástico vermelho, horas de pé, caminhadas, polícia, bombas, corrida, medo, ainda bem que achamos esse bar, e Regina lembra que não comeram nada desde o almoço, é a adrenalina, mas é importante se alimentar, uma porção de carne seca com aipim, pode ser?

13.

E elas chamam o garçom, mas ele não escuta, porque caminha rápido com três colegas até um homem negro seminu que faz xixi na portaria do prédio ao lado, e eles esbravejam que não pode mijar ali, ali não é banheiro, caralho, tem gente comendo, porra, e dão socos e empurrões nas costas dele, e o cara fica ali, com o pau na mão, cabeça baixa, bêbado, e balbucia algo, e alguns clientes se levantam e dizem que não precisa agredir o cara, é covardia, e uma mulher berra que todo mundo ali já viu um pau, todo mundo mija, o que é que tem?, e um dos garçons responde que se é assim vai atender pelado e quer ver se ela vai gostar, e Dulce consegue pedir o petisco pro rapaz atrás do balcão, e elas aguardam, a tensão ainda alta, o estranhamento dos clientes do bar com as pessoas que chegaram esbaforidas, a movimentação peculiar, a lotação, o suor, o barulho de bombas e sirenes e a oscilação das luzes do giroflex e gente correndo na rua, e as três se olham, se levantam e vão pra parte interna do bar, lá de dentro veem meninos com os rostos cobertos por panos escuros amontoarem sacos de lixo no meio da rua, jogarem álcool, atearem fogo e saírem correndo, leves, ágeis, alegres, como se fossem coelhos urbanos, e o fogo se alastra rápido, a fumaça preta e densa sobe em direção ao céu, e uma caminhonete da polícia surge lenta e assustadora, a parte de trás aberta, soldados com roupas pretas e armas apontadas pros prédios, pra rua, pro nada, e elas ficam estáticas, em silêncio, com medo que ataquem o bar, que prendam qualquer pessoa, que uma das armas dispare por acidente, qualquer coisa pode acontecer quando uma caminhonete cheia de homens preparados pra guerra não consegue passar por sacos de lixos queimados no meio da rua, e a caminhonete contorna o fogo e lentamente some do campo de visão delas, e as três voltam pra mesa, goles de cerveja morna, garfadas de carne seca com aipim frio, e um senhor explica o que aconteceu, os meninos não fizeram aquilo por mal, ele é psicólogo e aquela paixão pelo fogo é um comportamento de oposição típico dos adolescentes, muito comum na idade, nada que a terapia não resolva, e Maria corta o homem, o senhor vai me desculpar, mas também sou psicóloga e isso é uma bobagem, os meninos fizeram um ato político, barraram a polícia pras pessoas fugirem, não tem nada de patológico, de diagnóstico, de etapa do desenvolvimento, e o tal senhor revida com cara de desprezo e responde que trabalha com adolescentes no consultório e sabe muito bem o que está falando, ele é pai de um desembargador, conhece bem aqueles pivetes e a colega não entende nada, deve ter se formado numa universidade de fundo de quintal e não na Veiga de Almeida como ele, se a família não educa é bom pegar um tempo de cana, se não aprendem por bem aprendem por mal, e Maria se levanta e fala em tom de voz alto que um psicólogo não pode falar essas coisas, é colocar o diploma no lixo, queimar o registro profissional, e Regina puxa a blusa dela, deixa pra lá, deixa pra lá, Maria, não entra nessa, e Maria bebe um gole de cerveja quente, senta e reclama que não pode deixar passar batido, ela não estudou tanto pra deixar aquele escroto discursar assim, não dá pra deixar esse papinho fascista se criar, e elas pedem mais uma cerveja, e terminam a comida, que dia louco, cara, dois atos, Carioca, Candelária, Cinelândia, a correria, o medo, o medo, o medo, o cansaço, o mijo, os meninos mascarados, a polícia, o velho psicólogo, outro menino mascarado que recolhe um colchão velho e sujo da calçada e coloca sobre as chamas quase apagadas, e o fogo derrete a espuma e aumenta rápido, elas hipnotizadas pelo rapaz sozinho no meio da rua queimando um colchão, sabe-se lá por quê e Dulce diz que talvez aquele colchão tivesse dono, quem sabe um dos tantos moradores de rua que vivem por ali, e o colchão queima junto com restos de papel, cascas de frutas e pedaços de plástico, e é louco que o fogo que impediu a polícia de passar também faz alguém muito pobre ficar sem cama, é a imagem do país, sonos e sonhos queimados no meio da rua, pessoas que correm sem saber pra onde, que colidem, que gritam, que se assustam, e elas pensam em pegar um táxi juntas, ir por Santa Teresa até Laranjeiras e de lá pro Humaitá, mas Regina lembra que não passou nenhum táxi desde que chegaram, é melhor ficarem por lá, no bar estão mais seguras, e pedem outra cerveja, e outra, e outra, até as coisas normalizarem, até passar uma mulher com um cachorro na coleira, dezenas de travestis chegarem no ponto, ônibus e carros atropelarem as cinzas frias no meio da rua.

14.

Maria e Dulce descem do ônibus na Mem de Sá, andam até o Bar Brasil, cumprimentam Marcos, o garçom de sempre, sentam numa mesa de canto e pedem duas calderetas de chope, um na pressão e outro sem colarinho, uma porção de croquetes e um mix de salsichas alemãs com salada de batatas, e falam sobre a pancada que tinham tomado quando ouviram o Sobrevivendo no inferno, meninas de classe média do Recife e de Porto Alegre que eram, final dos anos 90, muito louco o efeito daquele disco, letras, força, crueza, poesia, samples, estão ansiosas pra ver o show do Mano Brown no Circo Voador, o Boogie naipe, diferente de tudo o que tinham ouvido dos Racionais, Cores & valores, Escolha o seu caminho, Nada como um dia após o outro dia, nada disso, é black music, funk, soul, baile, quatorze músicos botando pra quebrar e o Mano Brown lá, uísque, banquinho, no meio do palço, de boa, meio regente, que presença, que energia, a gente tem que ver esses caras de perto, os grandes nomes da nossa música, nossos grandes artistas, são muitos, fazem coisas tão diferentes, né?, é o Brasil, baita show, hein?, e as duas caminham pela Rua do Lavradio até a Praça Tiradentes, encontram a galerinha em volta do Frango Diplomata, a pista de dança já a milhão, papos na rua, cerveja do ambulante na promoção, uma é quatro, três é dez, e Maria passa num grupo, passa noutro, cumprimenta gente, dá uns pegas num baseado, uma linhazinha da coca de Dulce, e para numa roda grande, com um cara que ela nunca viu de maestro, conduzindo a beijação, agora todo mundo em sentido horário, agora é anti-horário, gargalhadas, qual seu nome?, e o seu?, agora fulano vai beijar fulano, agora fulana vai beijar fulano, agora fulana vai beijar fulana, agora fulano, fulano e fulana, e todo mundo obedece e ri mais, e o cara aponta pra Maria e pruma menina e diz agora ela e ela, e as duas dão um selinho rápido, e a menina coloca a língua no lábio de Maria, e Maria abre um pouco a boca, e a menina lambe a língua e o lábio superior, coloca a mão na nuca de Maria, puxa mais pra perto e mordisca o lábio inferior, e Maria sente um arrepio no pescoço, nas costas, por dentro, e ficam nesse beijo até o cara dizer, chega, chega, chega, pode parar a putaria que essa é uma festa de família, e todo mundo gargalha de novo, e Maria se apresenta e pergunta o nome da moça, Sofia, prazer, e Maria responde, prazer, Maria, quer tomar uma cerveja?, e elas vão até o ambulante, abrem, brindam, e Maria conta que é psicóloga e trabalha com direitos humanos, e Sofia diz que bota fé, psicologia e direitos humanos é maneiro, ela está terminando sociologia na UFRJ, é do Rio mesmo, ainda mora com os pais, mas não aguenta mais, ama os pais, eles são uns fofos, mas quer mais independência, montar a própria casinha, crescer, e Maria concorda, é massa criar um espacinho com a nossa cara, e se beijam de novo, outro beijo bom, molhado, lento, longo, língua, lábio, dente, e de novo, e tomam mais cerveja, e vão pra outras rodas, se encontram de novo, se beijam de novo, dão mais uns pegas num baseado, e Sofia fala que precisa partir, tem um monte de coisas pra fazer, infelizmente, ah, que pena, mas tá bom, bom descanso, legal te conhecer, e se dão um último beijo, acenos e sorrisos.

15.

Heloísa ressalta que não é que não sejam bons ou importantes, é claro que são, questões institucionais, questões da terra, questões urbanas, segurança pública e proteção dos defensores de direitos humanos, ninguém discorda, mas talvez esses eixos não representem mais a ONG, e o mundo mudou muito, é preciso acompanhar o movimento, acompanhar o que tem acontecido na internet, as pautas contemporâneas, as demandas urgentes, a violência doméstica, por exemplo, é algo que chama a atenção, o número de mulheres agredidas pelos companheiros é imenso, qualquer estatística mostra isso, e uma instituição renomada como essa não pode silenciar e não ser solidária às mulheres, e a posição dela é que é preciso dar relevo a essa pauta no organograma institucional, onde ela ainda sequer aparece, e quem sabe transformá-la em eixo de atuação, para que todos saibam que se importam e muito com o sofrimento das mulheres, e é por esse motivo que ela gostaria de consultar a plenária acerca da possibilidade e, ainda mais, da necessidade de tratarem com atenção e cuidado as mulheres agredidas, e com um gesto ela indica a Saul que ele pode começar a projetar os slides, e, lendo o texto projetado na parede da sala de reuniões, Heloísa explica que a Lei Maria da Penha é uma lei federal brasileira cujo objetivo principal é estipular punição adequada e coibir atos de violência doméstica contra a mulher, e desde a sua publicação, no ano de 2006, é considerada pela Organização das Nações Unidas uma das três melhores legislações do mundo no enfrentamento à violência contra as mulheres, uma lei que, segundo dados do Instituto de Pesquisa Econômica Aplicada, contribuiu pra diminuição em cerca de 10% na taxa de homicídios contra mulheres praticados nas residências das vítimas, o que não é pouca coisa, até porque aqueles 10% devem ser pensados caso a caso, cada mulher que permanece viva, cada mulher que não sofre, cada mulher que não é agredida, mulheres com vidas, com características, com nomes, como Maria da Penha Maia Fernandes, casada com um homem que cometeu violência doméstica com ela durante vinte e três anos, tentou assassiná-la duas vezes, a primeira com um tiro de arma de fogo que a deixou paraplégica, a segunda por descarga elétrica e afogamento, e depois desta segunda vez ela fez a denúncia e iniciou a batalha pela condenação, um processo que ficou aberto por alguns anos porque a defesa alegava irregularidades nos trâmites, e por isso o Centro pela Justiça e Direito Internacional e o Comitê Latino-Americano e do Caribe para a Defesa dos Direitos da Mulher, junto com a própria Maria da Penha, formalizaram uma denúncia à Comissão Interamericana de Direitos Humanos, e o Brasil foi condenado por não dispor de mecanismos eficientes pra proibir a violência doméstica contra a mulher, e é isso que está em questão, decidir de que lado a ONG está nessa batalha, do bem ou do mal, e Heloísa faz um sinal de positivo pra Saul, agradece e sorri.

16.

Regina levanta a mão, diz que gostaria de saudar a proposta da coordenação e o esforço didático da apresentação e lembrar que nunca foi contrária a mudanças, um dos objetivos ao sair da direção era justamente abrir espaço pra que alterações pudessem ocorrer, mas ela não pode deixar de dizer que se preocupa com algumas coisas, por exemplo, com a verba, com os financiamentos, afinal, não é segredo pra ninguém que a grana é curta, que as contas são fechadas no sufoco, todo mês é um rebolado doido pra encaixar, tira daqui, coloca de lá, é quase impossível contratar neste cenário, na atual conjuntura, crise econômica, recessão, tendência da sociedade à direita, enfim, fazer reordenação estrutural não é algo simples, o desenho institucional foi construído ao longo de vinte anos, cada expansão realizada sempre a partir das demandas do próprio trabalho, sempre foi assim, não por concordarem ou discordarem de uma pauta, aliás, seria uma surpresa muito grande se alguém não apoiasse aquela luta num país com a quinta maior taxa de feminicídio do mundo, onde mais de dez mulheres são assassinadas por dia, esse que é dos temas mais duradouros da humanidade, podem lembrar, por exemplo, das personagens clássicas das tragédias gregas, Antígona, Medeia, esta última inclusive o Chico Buarque e o Paulo Pontes fizeram a versão brasileira, Gota d'água, a história da Joana e do Jasão, deixe em paz meu coração, que ele é um pote até aqui de mágoas, e qualquer desatenção, faça não, pode ser a gota d'água, conhecem?, mas é isso, é o dia a dia no país, nas grandes e nas pequenas cidades, no centro e no interior, no litoral, no sertão, na floresta, e gostaria de reiterar a necessidade de se avaliar com calma como essa proposta poderia se encaixar numa série de questões práticas, estrutura, financiamentos, distribuição de carga horária, talvez essa fosse a questão menos importante, claro, nisso se dá um jeito, o mais urgente e importante, na verdade, é lembrar que não se trata de uma batalha do bem contra o mal, que esse é um discurso muito perigoso, é a divisão hollywoodiana do mundo, platônica, a cisão cristã que pode recair exatamente naquilo que eles são acusados, defensores de bandidos, direitos humanos pra humanos direitos, o espírito punitivista é contrário ao abolicionismo penal que a ONG sempre cultivou e é sempre fundamental lembrar que o neoliberalismo fortalece o espírito de vingança, o que Nietzsche chamava de ressentimento, é importante ficarem atentos, e ela pede desculpas pelo papo de tia chata, mas não pode deixar de mencionar que a ONG foi criada depois da chacina do Carandiru, e uma parte dos cento e onze homens executados pela polícia fez coisas horríveis, matou, estuprou, roubou, e se fossem trabalhar com essa distinção entre bem e mal talvez a ONG nem existisse, porque eles eram o mal, e também gostaria de recordar que acompanharam de perto a criação da Lei Maria da Penha, algumas pessoas já trabalhavam ali e devem lembrar que não foi simples, muita disputa, muita luta, mas conseguiram, e é importante ter essa memória institucional pra não parecer que as coisas estão começando hoje, e ela também está curiosa pra ouvir o que os colegas têm a dizer, que as mudanças são importantes, são um sinal de vida, são a instituição olhando pro futuro, o tema é fundamental, sim, mas será que temos perna pra isso?, evidente que deve estar no nosso escopo, realmente, é preciso atentar ao espírito de vingança, um problema desse quilate não pode ficar de fora do nosso raio de ação, etecétera e tal, e Heloísa agradece pelo esforço coletivo, que, como dizia o marido dela, fã de futebol americano, sente que avançaram algumas jardas hoje, e isso só é possível com uma equipe maravilhosa como aquela que ela tem, podem colocar a cabeça no travesseiro com a certeza da missão cumprida, por hoje os trabalhos estão encerrados, tenham uma volta pra casa tranquila.

17.

Um papo aqui, um papo acolá, uma brincadeira, as pessoas se levantando, arrumando as coisas, colocando as cadeiras no lugar, até amanhã, beijo, tchau, alguém quer carona, alguém vai até o metrô, e Heloísa vai até Regina e dá um abraço e diz que gostou muito da participação dela, que sempre aprende muito, é ótimo poder contar com aquela contribuição e quer agradecer pessoalmente a ela, e Regina diz que apreciou muito a atividade, que a palavra tinha rodado bem, que o grupo vai encontrar um bom caminho, esse processo é importantíssimo, e as duas caminham juntas até a porta do elevador e descem até o hall do prédio, e Heloísa se despede e entra no carro onde o marido aguarda ela, e Regina vai até Dulce e Maria, que conversam na calçada, caralho, mano, não dá pra ir pra casa de bico seco, que tal o Beduíno?, mesinha na rua, três chopes com colarinho, uma porção de quibe, esfirras, um brinde ao quê?, só pode ser às alterações estruturais, né?, viva as alterações estruturais, não aguento esse troço, é muita decadência, que reunião ridícula, powerpoints, caralho, powerpoint, o protótipo da vergonha alheia, até no colégio se faz coisa melhor, e o ar professoral pra falar o óbvio?, ela acha que tá nos ensinando?, que a gente não sabe aquilo?, que a gente começou ontem?, e Dulce diz que ficou com vontade de rir, que parecia piada, mana, todo mundo ali sabe aquilo de cor e salteado, e se não sabe tá no lugar errado, a capacidade da Regina de levar tudo a sério é impressionante, debate todos os pontos, cita duas tragédias gregas, e uma versão brasileira ainda por cima, e Regina ri e pergunta se pegou pesado demais, e Dulce e Maria dizem que não, e Regina fica aliviada, às vezes se preocupa com o ímpeto, sempre foi assim, já se deu muito mal, se queimou, se expôs, mas ali se sente segura, e essa é a construção mais bonita, as pessoas poderem discutir, discordar, divergir de boa, isso não é algo dado, é preciso aprender, cultivar, cuidar, defender, e mais do que qualquer outra coisa, mais do que pautas específicas, orientações políticas, anarquismo, socialismo, comunismo, o raio que o parta ismo, o caralho a quatro ismo, direção partidária, PT, PSOL, partido da puta que o pariu, do deputado x, y ou z, essa ambiência é o grande legado dela, já rolaram discussões homéricas, sérias, quebra-paus, e mesmo assim depois todo mundo ia pro bar, umas caras feias no início, mas em pouco tempo já ficava tudo bem, não é assim em todo lugar, na maioria das instituições qualquer discordância dá em racha, tudo fica uma merda, triste, gente machucada, e Maria diz que já repetiu mil vezes que não confia neles, que a proposta é totalmente aleatória, é por isso que deus não dá asas à cobra, é estranho aquilo da Helô falar a minha equipe, minha equipe pra cá, minha equipe pra lá, minha equipe de cu é rola, tua equipe é o caralho, mané, eu não tenho dona, nunca teve isso na ONG, nunca foi assim, equipe é coisa de coaching, ninguém precisa de palestra motivacional pra trabalhar, não vem com minha equipe é maravilhosa pra cima da gente, ainda por cima fazendo gesto de reza quando agradece, puta que pariu, sinalzinho de reza, sem contar o marido que é fã de futebol americano, que que a gente tem a ver se ela tem um marido tosco, deixa ele, não precisa explanar pra todo mundo, né?, e Regina ri, calma, meninas, calma, não é pra tanto, ela só fez uma proposta, colocou na roda uma questão, não tem nada de mais, tudo bem não gostar das pessoas, impossível gostar de todo mundo, mas ela só fez uma proposta, não foi autoritária, a palavra rodou, a deliberação é coletiva, é bom pra oxigenar, vocês têm que deixar a Helô em paz.

18.

Duas, três, quatro rodadas, só mais uma, meninas, preciso ir embora, amanhã a gente pega no pesado, tenho que ir pro berço, está bem, não esqueçam que tô coroa, só mais uma, então, beleza, só mais uma, e pedem, e brindam mais uma vez, e repassam trechos da reunião, falas boas, falas ruins, as imagens do powerpoint, a vergonha, e Dulce olha pro celular, faz uma cara séria, os olhos apertados focados na tela, lê o que tá escrito, uma, duas, três vezes, puta que pariu, olha o que essa desgraçada fez, olha o post dessa paquita do capeta, sofá de zona do caralho, bife de rato desgraçada, olha isso, mano, olha isso, exausta depois de um dia de reunião, um cansaço que não me leva para o sono dos justos, porque acima do cansaço está a tristeza que senti ao deixar a ONG depois do trabalho intenso, pois escutei da boca de uma pessoa que admiro muito, uma eminente militante dos direitos humanos no Brasil, 1) que a lei Maria da Penha é puro ressentimento e não devemos ser vingativos (seria isso o abolicionismo penal? que Maria da Penha nos salve); 2) que quem luta pelo fim da violência contra as mulheres está capturado pelo capitalismo neoliberal; 3) que os mitos europeus de milênios atrás narram exatamente a mesma coisa que a população feminina brasileira sofre diariamente, e as três se olham, ficam quietas por um tempo, caralho, caralho, que merda, filha da puta, e Regina diz que não sabe o que aquilo significa e pergunta se elas acham que é um ataque, e Maria sussurra que não pode acreditar, que horas atrás ela estava dando sorrisos e beijinhos em Regina, fez joinha com o dedo quando Regina falou das tragédias gregas, deve ser uma brincadeira, não pode ser sério, não, não, não pode ser verdade, e Dulce responde que não só é verdade como é um ataque, sim, forte, direto e com um alvo bem definido, e já tem vários likes e comentários.

AINDA

1.

Maria anda com dificuldade pelo corredor central da Cobal, abacate, maçãs, manga, morangos, melão, laranjas, abóbora, alface roxa, rúcula, tomates, cenouras, cebolas, água de coco, mãos e braços doendo no final da manhã quente e úmida de sábado, larga as sacolas na frente da lojinha natureba onde vai comprar mel, granola e pão integral, e ouve uma voz dizer oiê, e quando vira o rosto vê Sofia, que sorri tímida e simpática, e elas se dão dois beijinhos na bochecha, um abraço, e aí, menina, tudo bem contigo?, tô cheia de sacola, me passei um pouco, quanto tempo, tu não mora na Gávea?, vem até aqui fazer compras?, e Sofia responde que sim, muito tempo, foi em maio, né?, que faz três meses que saiu da casa dos pais, vagou um quarto na casa de uns amigos na Sorocaba, está feliz, é massa, outra vida, ainda rema um pouco na cozinha, na faxina, tá aprendendo algumas coisas, que se incomoda com os roommates, nada de mais, geladeira, banheiro, barulho, mas tá ótimo, tá curtindo, mais liberdade, né?, e Maria comenta que são quase vizinhas, que mora na Rua Dom Pedro II, que a região é muito boa, que só vai comprar umas coisas rapidinho e comer um acarajé, não pilha de ir junto?, e Sofia responde que pode ajudar com as sacolas, mas não vai comer, não, comprou batata roxa orgânica pra fazer um nhoque, combinou com o pessoal, primeira vez, torce pra dar certo, e com metade das sacolas nos braços de cada uma elas vão até a tenda da baiana, Maria pede um acarajé e um mate e Sofia brinca que vai imitar o Chico Science e tomar uma cerveja antes do almoço porque é muito bom pra ficar pensando melhor, e Maria diz que então também vai de cerveja, e Sofia pergunta e o carnaval?, tá chegando, né?, o que cê vai fazer?, e Maria conta que alguns amigos de Porto vão ficar na casa dela, já tá tudo combinado, blocos, fantasias, tudo, e Sofia responde que vai pro Recife, que nunca foi mas tem certeza que vai ser foda, alugaram uma casa e vão de carro, Espírito Santo, Bahia, Sergipe, Alagoas, parar em umas praias no caminho, e Maria comenta que sente saudades da juventude, simplesmente sair viajando, ela vai trabalhar até a sexta-feira, vê se pode?, e Maria oferece um pedaço do acarajé, só um pedacinho da ponta, eu não como camarão, e Sofia diz que precisa ir pra casa, mas se Maria quiser pode ajudar com as compras, já que a casa dela é perto, e Maria aceita, tá pesado mesmo, exagerei, e elas caminham até o prédio, se abraçam, se dão dois beijinhos na bochecha, então tá, falou, tchau, até a próxima, muito bom te encontrar, bom carnaval, boa viagem, e Sofia acena um tchau, vira as costas, anda dez passos, Maria chama seu nome e pergunta se ela se importa de passar seu telefone, e Sofia diz que é claro que não e pede pra Maria dar um toque pra salvar o número dela também, até mais.

2.
Maria diz que na quinta é Loucura Suburbana, Nise da Silveira, Engenho de Dentro, galera da luta antimanicomial, ano passado foi lindo, sai do hospício, dá uma volta na quadra, para na praça, bar do Feio, a gente pode se

encontrar na saída do meu trabalho e ir, tenho que trabalhar no dia seguinte, azar, vou de ressaca, sexta temos que ver, bloco do Bip em Copa, mais de boa, Amigos da Onça, no Centro, mais hard, vamos ver qual a pilha, sábado de manhã é Truque do Desejo, no Aterro, bloco parado, pagode, axé, na última vez tava meio cheio, vamos ver como tá esse ano, de tarde tem Prata Preta, Praça da Harmonia, acho que é a boa, domingo é Boi Tolo, uma galera quer ir na Charanga Talismã, bloco novo, na Vila Kosmos, zona norte, descoladex, maçonaria hipster, esquerda fashionista, esquerda Korin, maiô de lamê brilhoso, look meio Farm, Insta, sei lá, eu não animo, se quiserem ir fiquem à vontade, mas prefiro o Boi Tolo, é uma maratona, não termina nunca, horas sem fim, é um dia bom pra tomar aquele emedezinho, inclusive, segunda ainda não sei, tem um amigo que toca no Trombetas Cósmicas, falou que vai estar irado, repertório bom, trajeto legal, do Mirante do Pasmado até a Praia Vermelha, pode ser uma, na terça a gente vai estar meio morto, né?, mas dá pra ir na Orquestra Voadora, sei lá, talvez sim, talvez não, tem uns blocos secretos também, é uma onda meio chata, não divulgam nem local nem hora, enfim, de noite tem os desfiles na Rio Branco, o Cacique de Ramos, o Agytoê, curtir um axé até a hora que der e morrer até sábado, acordar só pro Caetano Virado, a gente também não precisa ficar o tempo todo junto, pode se dividir, descansar num dia, ir pra praia, ficar de boa, cada um faz a sua, sem pressão, mas eu tô a fim de tocar o terror, esse ano foi brabo, Temer, Crivella, trabalho, tô a fim de exorcizar tudo isso, aliás, um brinde ao exorcismo, um brinde.

3.
Quem tiver com o copo vazio, por favor, encha, pra exorcizar essa merda de país, com esse presidente vampiro, pra pegar toda a energia ruim e reverter em energia boa pro carnaval, e os quatro amigos do tempo da graduação que vão passar o carnaval no Rio de Janeiro pela primeira vez e que desembarcaram no Santos Dumont apenas duas horas antes, deixaram as coisas em casa e foram encontrar Maria direto no Capela riem, brindam e dizem que acham massa a programação, que não sabem de muita coisa, que só conhecem o Bloco da Laje em Porto Alegre e mais nada de carnaval de rua, tu é a anfitriã, dá as coordenadas e a gente vai atrás, vai ser massa de qualquer jeito, temos que brindar também à amizade de quase vinte anos, que não é só de exorcismo que a alma se alimenta, e uma delas diz que sim, foda, muito lindo, mas quer entender melhor o que é que aconteceu na ONG, Maria mencionou muito por alto, amiga, nem te conto, impressionante como o processo que parecia sólido na verdade era frágil, essa instituição de vinte anos, vê só, mesmo tempo que a gente se conhece, degringolou muito rápido, as coisas foram por água abaixo, todo respeito, todo cuidado, toda possibilidade de divergência, toda democracia, toda consistência, toda coletivização, toda história, tudo que tinha sido construído se desmanchou assim, meio que de uma hora pra outra, e a gente ficou sem entender nada, sem saber se aquelas pessoas sempre tinham sido daquele jeito ou se era a paixão pelo poder que tinha feito elas mudarem tanto, mas depois a gente fala mais disso, que vocês acabaram de chegar e eu quero saber de coisas boas, de coisas alegres, acho inclusive que a gente podia começar a pen-

sar que fantasia usar em qual dia, e se vocês toparem ir no Saara amanhã comprar algumas coisas a gente pode fazer umas paradas bem divertidas, viu?

4.
Maria se sente meio coroa, deslocada, fora de lugar no bar lotado do Baixo Botafogo, e pensa que talvez seja isso, a idade, talvez esteja velha demais pra acordar cedo, vestir fantasia, sair de casa com uma long neck na mão, andar sem parar, comer mal, dormir mal, quatro dias na batida, mas que foi decepcionante, uma merda, ah, isso foi, um monte de playboy, muito paulista, uns caras fortões de sainha de tule rosa, polícia, briga, furto, beijo forçado, mão na bunda, muito assédio mesmo com os adesivos, não é não, respeita meu corpo, meu corpo minhas regras, puxa, os amigos prepararam a viagem por meses e no fim foi meio nada a ver, mais contras do que prós, ficou frustrada, com uma sensação estranha, de que estavam perdendo até mesmo o carnaval, que pode até parecer bobagem, mas pra ela não é pouca coisa, e Sofia conta do Recife, os blocos, os ácidos, os shows, o sorrisão na cara, o bronze, a dificuldade de voltar pra Babilônia, quem chama Recife de Hellcife não conhece o Hell de Janeiro, aqui sim é um inferno, sem condição, quando se formar vai meter o pé, e também por isso foi ótimo receber a mensagem de Maria, tava na bad com o retorno, meio deprê, em casa, e Maria responde que achou que ela nem ia ver, ninguém mais vê sms hoje em dia, que bom que viu, uma pena que Sofia não pôde ir no cinema, Maria tinha ficado em dúvida sobre o filme do Torquato e o novo da Lucrécia Martel, escolheu o do Torquato pra lembrar que esse Brasil existe, que o Brasil também é isso, mesmo que fosse

um menino infeliz, como cantou o Caetano, que tenha se matado tão jovem, o Torquato era um força brasileira, e Sofia concorda, e bebem uma, duas, três, dez garrafas de Brahma, até o bar fechar, e Maria pergunta se pode acompanhar Sofia até a esquina da Voluntários com a Sorocaba, que é caminho pra ela, e elas andam juntas as poucas quadras até lá, bêbadas, distraídas, risonhas, e quando chegam na rua de Sofia se despedem com um beijo bem pertinho da boca, os cantos dos lábios se encostando, e depois um selinho rápido, e depois um selinho mais demorado, e depois uma língua lambendo a outra, um sorriso, e de novo uma língua lambendo a outra, num beijo mais longo, curtido, lento, língua com língua, língua com lábio, lábio com lábio, e param, riem, a noite foi massa, sim, sim, foi massa, a gente se fala, manda mensagem quando chegar, mando, sim, um beijo, beijo, tchau.

5.

Maria acorda com uma dorzinha leve de cabeça, toma café da manhã na sala, a televisão ligada num canal qualquer e um samba do Cartola na cabeça, a sorrir eu pretendo levar a vida, pois chorando eu vi a mocidade perdida, e acha graça de si mesma, boba, foi só um datezinho de nada, talvez nem isso, só uma mesa de bar com um beijo bêbado no final, a guria tem a vida dela, a turma dela, mora numa república, e nem é verdade que perdeu a mocidade chorando, é injusto consigo mesma, com os amigos, com Jorge, com Porto Alegre, mas mesmo assim, achando que não foi nada, date, beijo, nada, fica com vontade de mandar uma mensagem pra Sofia, como será que os jovens fazem hoje?, será que é cafona?, será que é invasivo?, será que é ridículo?, vai que pega mal, vai que ela acha estranho, vai saber, mas que mal tem dar um oizinho?, é só um carinho, só um cuidado, nada de mais, mando ou não mando, mando ou não mando até o meio da tarde, celular na mão, digita, apaga, digita, apaga, digita, oi sofia, tudo bem?, chegou bem em casa?, só queria dizer que achei muito legal ontem, beijos, e aperta em enviar, e se arrepende, que ridícula, que nada a ver, que over, que carente, quinze anos, o que a guria vai pensar?, se tá demorando pra responder é porque não curtiu, e fica tensa e insegura até ler três vezes a resposta, foi ótimo, vamos repetir, bjs, e sorri e responde na hora, o coração um pouco acelerado, vamos, sim!, um beijo!

6.

Maria sente um frio na barriga e o coração pular quando Heloísa anuncia que a comissão avaliadora do projeto proposto pela colaboradora Dulce havia atribuído ao requerimento a nota dois, de um total de dez, e que, assim, infelizmente, a ideia não poderia ser levada a cabo, porque todos sabem que é preciso que um projeto tire ao menos nota sete para poder ser executado, e Heloísa reforça que gostaria de agradecer aos três colegas que compuseram a comissão na realização desta tarefa tão importante para o bom funcionamento institucional e à colega que havia proposto o projeto, que não é caso de desistência, quem sabe na próxima o projeto possa ser executado, mas agora, infelizmente, com a nota que tirou não será possível, e Maria se ajeita na cadeira, levanta a mão trêmula e diz que é preciso discutir a avaliação, não é aceitável um projeto tirar nota dois sem que os motivos sejam ao menos explicados, quais os critérios, medidas, baremas, enfim, e enquanto ela fala Heloísa olha com uma expressão antipática e desdenhosa, expressão que desfaz quando retoma a palavra pra dizer com uma cara compreensiva e quase sorridente que a banca é soberana e é constrangedor que uma colega desconfie dos seus pares, ainda mais daquelas pessoas que vestiam a camisa e se envolviam em várias comissões que ninguém queria se envolver, colocações passivo-agressivas que fazem Maria se enfurecer, ficar nervosa, com medo de perder o controle, e ela levanta a mão pra pedir a palavra novamente, mas Regina se antecipa e diz que a colega apenas solicitou que a comissão explicasse os critérios utilizados pra atribuir a nota, que não se recorda de uma nota tão baixa em toda a história da ONG, e talvez fosse bom até mesmo pra comissão explicar por que avaliou assim o projeto, pois isso torna o processo mais transparente, e a transparência é um sinal de saúde institucional, evita mal-entendidos, paranoias, etecétera, e Heloísa diz que se sente pessoalmente acusada, que está sendo colocada em uma posição muito desconfortável, que essa desconfiança é recorrente, repetida, reiterada, que essa desconfiança é injusta com a entrega e a dedicação que ela tem com a gestão da ONG, hora extra, fim de semana, demandas mil, que ela é contra as justificativas, mas, se a comissão quiser responder aos ataques, que fique à vontade, a palavra está aberta, e um dos membros da banca diz que já que está há muitos anos na casa e por ser o membro mais antigo gostaria de se posicionar, até porque, bom, eles acharam o projeto bem escrito e bem estruturado, introdução, objetivos, métodos, orçamento, cronograma, quanto a isso estava tudo ok, mas o entendimento de que o projeto não tem aderência à ONG foi unânime e a nota naquele quesito, portanto, só podia mesmo ser zero, e esse é um quesito muito importante, com peso grande na média final, e isso fez com que a nota despencasse, era essa a explicação pra uma nota tão baixa, ele espera que Dulce entenda, e Dulce nem espera o colega sentar pra dizer que não entende, não, que agora é que não entende mesmo, agora é que acha mais absurdo ainda, que ninguém a leve a mal, ela ficou quieta até agora, mas aquela explicação é uma piada de mau gosto, pegadinha do Faustão, do Silvio Santos, daqui a pouco o Ivo Holanda vai sair de trás da porta, porque caso os colegas não saibam o projeto é sobre violência doméstica, esse é o tema, um trabalho com mulheres vítimas da violência na favela do Turano, e ela montou esse projeto não só porque acredita na causa mas também porque é o novo tema institucional, tão debatido, tão polemizado, tão trabalhado, e se é assim não compreende como pode não ter aderência temática, não tem como entender a lógica, eles vão ter de desculpá-la mas assim é difícil, fica complicado, e outro membro da banca pede a palavra e, com um ar tranquilo, diz que não a desculpa porque nunca a culpou, ele também tinha ficado calado até aquele momento mas gostaria de dar uma ou duas palavrinhas, e, sim, é verdade que o projeto trata da violência doméstica e a violência doméstica é o novo tema da ONG, quanto a isso não restam dúvidas, é um fato, não uma opinião, uma coisa objetiva, mas a grande questão é a abordagem, que, pra usar os próprios termos da colega, me permitam ler, quer dar passagem a processos preventivos, educativos e restaurativos, e isso parece mais uma passada de pano pros violadores do que qualquer outra coisa, porque ele, particularmente, não vê outra saída pra quem bate em mulher que não seja a prisão, e o projeto vem com um monte de conversinha, com um monte de processo histórico, com um monte de entendimento, de desvio, de subjetividade, de sei lá o quê, um blá-blá-blá enorme, aliás, se os colegas permitem um pequeno desabafo, ele não concorda com a frase bandido bom é bandido morto, porque bandido bom é bandido preso, nunca bandido solto, muito menos bandido acolhido, e ele é filho de uma mãe maravilhosa, esposo de uma mulher encantadora, pai de uma adolescente linda e graças a Deus nenhuma das três apanhou na vida, mas não dá nem pra imaginar que alguém que por acaso bata nelas possa ter outro destino que não a prisão, pra não dizer coisa pior, e isso de querer ficar fazendo rodinha de conversa, escutando esses marginais, acolhendo, é um desserviço, ele se sente ofendido com aquele absurdo e não gostaria de trabalhar numa instituição que fizesse aquele tipo de, abre aspas, trabalho, e por isso a nota é zero mesmo, doa a quem doer, nada pessoal, por favor, não pensem isso, mas esse é o mundo que ele acredita, que já tinha ficado quieto outras vezes, que sempre se sentiu meio oprimido lá, que não era ressentimento, não, mas tem gente naquela sala que sempre se achou melhor que os outros, que deixou os outros na sombra, que silenciou os outros, tipo quando a ONG foi contra a redução da maioridade penal, que nunca achou que aquela posição era certa, que um pouquinho de tolerância zero não faz mal a ninguém, e ele ficou quieto porque sabia que ia ser julgado, criticado, ironizado, mas agora se sente um pouco mais à vontade pra dizer o que pensa graças à Helô, e quando ele termina de falar algumas pessoas aplaudem, e alguém que Maria não consegue identificar, num tom de voz nem alto nem baixo, diz que ele lacrou.

7.

Pelo amor da deusa, vamos almoçar longe daqui, por favor, não quero encontrar nenhum desses filhos da puta, não sei o que sou capaz de fazer, vamos pro Capela, pro Bar Brasil, pra Casa Urich, pro Spaghettilândia, sei lá, vamos pra qualquer lugar longe daqui, porque puta que pariu, boceta, caralho, se eu vejo uma desgraça dessas na minha frente eu acho que dou um soco na cara, um chute no saco, qualquer coisa, sério, eu tô com muita raiva, que coisa impressionante essa gente, um cabrito e três chopes, amigo, por favor, eu tô perplexa, achei que era impossível mais um passo em direção ao absurdo, mas o fundo do poço é infinito, eles cavam o buraco cada vez mais fundo, que bizarro, é muito louco, gera um constrangimento, ninguém tem nem coragem nem vontade de discordar, desde a postagem no Facebook ninguém mais coloca a opinião, tudo ficou diferente, a Heloísa disse que se arrependeu, mas não apagou aquela merda, e Maria fala que sim, tudo ficou diferente, tem uma boataria braba, uma vez numa reunião com outras instituições uma moça disse que adora a Regina, que admira muito a trajetória dela, etecétera, etecétera, mas soube que ela não é contra a violência doméstica, que não se importa que as mulheres apanhem dentro de casa, vê só, como se fosse possível ser contra ou a favor da violência doméstica, e isso se espalhou, pode ter certeza que muita gente goza com isso, é óbvio que todo mundo tem medo de ser alvo de um boato desses, e a tendência das pessoas é acreditar, por perversidade, por ingenuidade, sei lá por quê, e quer saber?, esse é um modo de fazer gestão, matar as divergências, não ter oposição, e Maria diz que morre de medo, mas não dá pra ficar quieta, puta que pariu, nota zero, aderência, direitos humanos pra humanos direitos, como é que eles tomaram o poder tão rápido?, manipularam tudo, alteraram tudo, tem um montão de ONGs que trabalham assim como eles estão fazendo, por que diabos foram se meter num lugar que preza por outras perspectivas, outros modos de entendimento, outras militâncias, outras diretrizes, caralho?, e não só se meter como assumir a direção, e não só assumir a direção como mudar tudo, o jeito, a condução, o norte, a ética, e Maria diz que se sente cercada, é como se só tivessem inimigos lá dentro, como se estivessem numa armadilha, numa guerra, numa jihad, e só ficam no alvo, só tomam tiro, só são abatidas, literalmente, porque ficam tristes, desanimadas, embotadas, e Regina diz que tudo aquilo é verdade, mas precisa fazer um mea culpa, foi ela quem contratou aquelas pessoas, tinha que ter percebido que eram aquilo, qualquer militante com um mínimo de experiência sabe que é preciso ficar ligado, não dá pra abrir pra todo mundo, isso nunca deu certo, ela era a diretora, todas as contratações passavam por ela, a própria passagem de bastão foi obra dela, podia ter escolhido alguém, ficado mais tempo no cargo, se soubesse que era isso que ia acontecer não tinha feito nada daquilo, e ela também se sente acuada, cercada, roubada, é como se tivessem surrupiado algo dela, um filho, uma filha, algo que criou com todo o carinho, e ainda por cima aquela vaca me chamou de colaboradora, vai pra puta que pariu.

8.

Maria volta da academia, toma banho, come uma tapioca de queijo e abacate, coloca o pijama e lê um texto na Piauí em que Paula Ramon relata o cotidiano da família na Venezuela, uma matéria impactante, distante do sensacionalismo com que a imprensa brasileira costuma narrar o colapso do chavismo, escrita como um diário em primeira pessoa por uma nativa que não é de direita e que conta coisas impressionantes sobre a inflação, sobre o desabastecimento, sobre a pobreza, sobre a violência, sobre a mãe que viveu num país completamente diferente e que agora precisa se acostumar com estranhos caminhando sobre o seu telhado pra roubar o conteúdo da caixa d'água, com dez fechaduras pra tentar garantir um mínimo de segurança pra casa, com o toque de recolher informal depois que o sol se põe, com a dificuldade de comprar os corticoides que deveria ingerir todos os dias, e Maria sente novamente a sensação que teve na reunião de segunda-feira, de que estão cercados, de que não têm escapatória, de que não há o que fazer, e talvez seja isso mesmo, é essa a história do nosso continente, pequenos espasmos de alegria e a ditadura de ridículos tiranos no restante do tempo, miséria, miséria, miséria, violência, violência, violência, dor, dor, dor, morte, morte, morte, e só o que se pode fazer é enxugar gelo, tudo dominado, na ONG, no país, na América, coisas que ela pensa enquanto lê as últimas frases da matéria, a transcrição de algo que o irmão da autora disse pra ela, temos que ir embora, não há futuro, eu não volto, este país está sangrando pela fronteira, frases que Maria não queria ter lido antes de dormir, porque vai ter dificuldade de pegar no sono, vai demorar a adormecer, vai ter uma noite agitada, vai acordar no meio da madrugada e, se não tomar um chá de camomila, vai ficar se revirando na cama por horas, e quando ela larga a caneca na mesa de cabeceira e verifica as horas no celular acha estranhas as três ligações não atendidas e as cinco mensagens recebidas, e, sentada na cama, abre a primeira delas, viu da Mari?, e a segunda, como vc está?, e a seguinte, cara, eu não consigo acreditar, me responde, por favor, tô assustada, e Maria corre pra sala tremendo, liga o computador, acessa o G1 e vê a notícia urgente que diz que a vereadora Marielle Franco foi morta no Rio de Janeiro há poucas horas, a foto com o Agile branco cheio de balas e com os vidros quebrados numa rua do Estácio, e Maria começa a chorar sem parar, soluçando, com as mãos no rosto, tonta, desorientada, e liga pra Dulce, que também chora do outro lado e diz que não é possível, que não pode ser verdade, que não pode acreditar, que lembra do evento que tinham organizado com a participação dela, da comemoração incrível que fizeram quando ela foi eleita a quinta vereadora mais votada do Rio de Janeiro, de quando encontraram ela numa festa no Gafieira Elite na campanha e de como ela estava linda naquele dia, distribuindo sorridente os panfletos com as pautas do mandato, de como ela estava arrasando na câmara, sim, sim, Maria também está com tudo isso na cabeça, Maria também lembra de tudo isso, e está com a pressão baixa, vai tentar se acalmar, tomar uma água, depois se falam de novo, e vê que Regina está ligando, e Maria atende chorando muito, soluçando, que é isso, Regina?, que é isso, Regina?, quem foi que fez isso com ela?, e Regina diz que falou com várias pessoas e ninguém sabe o que pode ser aquilo, que não teve nenhum aviso, nenhum recado prévio, nenhuma ameaça, nada, nada, nada, foram lá e mataram, e ninguém sabe quem foi.

9.
Na manhã seguinte, Maria, Dulce e Regina chegam cedo à Cinelândia e se abraçam aos prantos na frente do Teatro Municipal, e ficam assim, abraçadas e chorando, por quase cinco minutos, sem falar nada, só assim, se abraçando forte, chorando um choro de lágrimas grossas até que aos poucos desfazem o abraço, secam o rosto e, com os olhos baixos e úmidos, Maria diz estão nos matando, estão nos matando, estão nos matando, e com passos lentos e frágeis elas se aproximam da escadaria da câmara de vereadores, e sentam, e ficam em silêncio vendo a chegada de pessoas conhecidas, de pessoas desconhecidas, de gente que quando se encontra também se abraça, chora desnorteada, tentando conversar, tentando entender o que aconteceu na noite anterior, quando Marielle participou de um debate na Casa das Pretas, ali pertinho, na Lapa, na Rua do Rezende, e saiu de carro pra casa, e foi alvejada pouco tempo depois, no Estácio, um pouco antes da Tijuca, onde ela morava, e Dulce comenta que dias antes ela tinha denunciado pelo Twitter o Batalhão da Polícia Militar de Acari, que todo mundo sabia que era um batalhão muito barra-pesada e ela dizia que o que estava acontecendo lá era um absurdo e que acontecia sempre, porque o 41º batalhão era conhecido como batalhão da morte, chega de esculachar a população, chega de matarem nossos jovens, e um dia antes de ser executada ela postou que o homicídio de mais um jovem podia estar entrando para a conta da PM, que Matheus Melo estava saindo da igreja, quantos mais vão precisar morrer para que essa guerra acabe?, e agora era ela que estava morta, assassinada, executada com quatro tiros na cabeça, com uma multidão reunida pra prestar homenagem, pra demonstrar indig-

nação, pra se juntar, pra tentar reunir forças, pra seguir lutando, multidão que aplaude quando o corpo chega pro velório e passa por um cordão de isolamento formado por mulheres negras, multidão que canta que eu sozinha ando bem, mas com você ando melhor, companheira me ajuda, que eu não posso andar só, multidão que grita que quem mexeu com a Marielle atiçou o formigueiro, que berra Marielle presente, que carrega cartazes onde está escrito que esse tiro foi no povo mas a luta continua, uma multidão que dispersa depois que o caixão sai do interior do prédio onde o corpo foi velado em direção ao Cemitério do Caju, e que se reúne outra vez no final da tarde em frente à Assembleia Legislativa, e de lá sai em caminhada até a Cinelândia, num ato silencioso, sem a presença da polícia, sem confusão, muito diferente de todas as manifestações nos últimos tempos, desde junho de 2013, sem bomba, sem gás, sem bala de borracha, sem correria, ato que Maria, Regina e Dulce acompanham do início ao fim juntas, e só quando termina, perto das sete horas, é que se dão conta de como estão absurdamente exaustas, de não ter dormido, de ter gritado, de ter ficado em pé, de ter caminhado, cansadas de cabeça, de ter chorado tanto, de ter se desesperado tanto, de tentar entender o que tinha acontecido, o que era aquilo que estavam vivendo, aquela loucura, aquele sufoco, aquela impressão de que não existe mais saída, aquela sensação de que estão nos matando.

10.

Duas semanas depois, Maria coordena uma reunião com mães do Rio de Janeiro e de São Paulo cujos filhos foram mortos no sistema socioeducativo, cada uma contando seu caso, mostrando fotos, lembrando brincadeiras dos meninos, detalhes da vida, o que gostavam, que idade tinham quando foram executados, como foram assassinados, contando como iam pro tribunal juntas, que ficavam mais fortes assim, uma reunião onde se discute a proposta de montarem um evento em cada estado pra que aquelas histórias possam ser narradas pelas próprias mães, com mesas compostas por elas, por procuradores, por defensores do abolicionismo penal, e essa é a proposta que parece agradar a todo mundo, a quem acha que as mães têm que ter a palavra, a quem acha que participantes diretos do sistema jurídico também devem falar, a quem acha que a discussão teórica acerca da função histórica da prisão é importante, e Maria se sente energizada com a luta daquelas mães, aquelas mulheres guerreiras que não saíam do front, que pleiteavam seus direitos, que não davam nenhum passo atrás, e quando a reunião acaba ela olha o celular e vê que recebeu uma mensagem de Sofia perguntando se animava de ir ao cinema na noite seguinte, e Maria mostra a mensagem pra Dulce e pergunta o que tu acha que eu respondo, amiga?, e Dulce diz que ela não trabalha em padaria e que é pra parar de fazer cu doce, é óbvio que você tem que ir, responde em letras garrafais sim, vamos, e coloca um monte de pontos de exclamação, e Maria ri e diz que não vai fazer isso, mas que vai aceitar o convite, né?, e ela responde a mensagem dizendo que anima e se Sofia já tinha pensado em algum filme, e um minuto depois chega a resposta da menina dizendo que estava a fim de ver um brasileiro que estava estreando, Arábia, tem o horário das sete e quinze e o das nove e meia, ela pode nos dois, qual fica melhor?

11.

Ela acorda antes do despertador tocar, come um sanduíche, um iogurte com frutas, toma um chá de hibisco, um banho rápido, dá uma bagunçadinha no cabelo, veste a calça jeans e a camisa de linho verde-bandeira que usa quase toda semana, se olha no espelho do quarto, acha que está bem, bonita, despojada, nem arrumada demais nem muito largada pro encontro que nem sabe se é só um cineminha ou um date, que de todo modo vai ser massa, porque nas três vezes em que se viram foi bem legal, porque Sofia é muito interessante, tudo o que Maria está precisando naquele momento, outros assuntos, outras visões, outro momento de vida, outros ares, outros papos, e ela pensa que, se é assim, também é legal usar uma outra roupa, e não aquela que ela usa toda semana, é uma roupa bonita, confortável, que ela gosta, mas é a mesma de sempre, muito basic, roupa de trabalho, e Maria tira a calça e a camisa e coloca um vestido de manga curta, e se acha muito ombruda e depois coloca uma calça mais larga e uma bata e se acha meio achatada, e fica mexendo nas roupas, tirando as peças da arara e das gavetas, testando combinações, devolvendo, tirando de novo, até que coloca um vestido azul da cor do mar com flores coloridas que comprou numa feirinha na Recoleta anos antes e que usa muito pouco, calça uma rasteirinha de couro, se olha no espelho de novo e pensa que é isso, agora está pronta, é esse o look, e ela guarda o estojo de maquiagem na bolsa, pega o celular, olha as horas e se dá conta de que ficou muito mais tempo do que imaginava naquela função e está atrasada, toma um copo d'água e sai.

12.

Maria vê Dulce na calçada do outro lado da rua, espera a amiga atravessar a rua e quando chega perto Dulce dá um sorriso largo e fala que Maria está arrasando com aquele visual despojado sem perder a elegância, e Maria sorri de volta, agradece e diz que bom que tu curtiu o look, às ordens, e ela trabalha o dia todo com a cabeça no encontro, no cinema, no frio na barriga que sempre dava quando uma coisa nova aparecia no horizonte, aquela sensação boa com que pega o metrô na Cinelândia até Botafogo, anda até o cinema, compra uma empanada de carne e um mate e encontra Sofia vestindo uma camiseta amarela, uma calça jeans larguinha e de cintura baixa, havaianas e o cabelo muito mais curto do que da última vez, linda, linda, linda, e depois de se abraçarem e se darem dois beijinhos nas bochechas Maria diz que achou bonito o corte, Sofia diz que também curtiu, e elas vão para a bilheteria, escolhem os lugares, compram os ingressos, caminham até a sala, e na fila Sofia comenta que está muito a fim de ver o filme, parece que é a história de um operário trecheiro no interior de Minas Gerais que tem um piripaque numa fábrica de Ouro Preto, e Maria assiste o filme dura na cadeira, e quando acaba diz e aí, que tu achou?, e Sofia diz que achou muito foda, mas prefere comentar com uma cervejinha na frente, e sugere que caminhem até o Comuna pra comer um hambúrguer, ou podem beber no Alfa, também, que é um pouco mais barato, quinta-feira, deve estar bombando, e Maria aceita, e caminham até lá, e Sofia cumprimenta uma galera, um grupinho aqui, um amigo acolá, uma amiga mais à frente, e pede o hambúrguer vegetariano, queria muito ser vegana, mas tem coisas que ainda não consegue largar, tipo ovo, mel, um peixinho, comida japonesa, porque, pra ela, ser de esquerda é ser vegana, pensar num mundo pra todos, os animais também merecem viver, e Maria diz que nunca pensou nisso e pergunta mas e as plantas?, elas não merecem viver também?, e Sofia responde que é claro que merecem, mas elas não têm sistema nervoso central, e por isso não sentem dor, e Maria pergunta o que conta é a vida ou é a dor?, e qual seria a solução pra essa questão?, porque a gente tem que consumir energia, porque a natureza é assim, é cadeia alimentar, um come o outro, que come outro, que come outro, e Sofia responde então, não sei, não sei, não faço a menor ideia, mas fico meio culpada de comer os bichinhos e as coisas que vêm deles, e Maria diz que não dá pra ficar se culpando, cada um faz o que dá e tem seus limites e tudo bem, a gente é cheio de contradições, e pedem os hambúrgueres, e Maria pergunta se Sofia tem alguma preferência de cerveja, tem umas artesanais que parecem boas, e Sofia diz que costuma tomar Brahma, mas que aceita qualquer uma, talvez o melhor fosse levar o rango e comprar bebida no bar ali da frente, e tomam uma, duas, três, várias Brahmas sentadas numa mesinha do lado de fora do Alfa, e Sofia diz que curtiu muito o filme, muito mesmo, que acompanha o cinema de Contagem há um tempinho, que já viu A vizinhança do tigre, Baronesa, Ela volta na quinta, são todos filmaços, atualmente o melhor cinema do Brasil é feito lá, não é mais no Recife, tem filmes bons no Recife, é óbvio, Boi neon, Tatuagem, Era uma vez eu, Verônica, Aquarius, Febre do rato, mas essa ceninha de Contagem está irada, periferia de Belo Horizonte, galera toca o terror, é quase um movimento, um jeito de fazer, Maria precisa ver todos, são imperdíveis, esse que elas viram é um pouco diferente, mas Sofia curtiu muito mesmo, um road movie proletário, aquele começo com o menino andando de bicicleta na estrada lembra umas coisas da Nouvelle Vague, lembra o começo de Lacombe Lucien, do Louis Malle, que é um filme sinistro sobre o nazismo que ela viu num ciclo no Instituto Moreira Salles, que tem uma homenagem linda pro Lula, outra ainda mais linda pros Racionais, e aquele final é forte demais, é uma homenagem a todos os trabalhadores do Brasil, esse ator fez A vizinhança do tigre também, foi preso não sei quantas vezes, mais de dez, vinte, sei lá, e Maria diz que nunca viu nenhum filme dessa galera, nem tinha ouvido falar e não sabia nada sobre o ator, foi lá às cegas e não gosta muito de ler resenhas e críticas antes, mas curtiu muito o filme, tinha uma coisa diferente mesmo, um Brasil pouco contado, pouco visto, mas hiperpresente, aquilo ali é a vida de muita gente no país, o filme era foda mesmo, tinha um jeito de contar muito bacana, que parecia de perto, de quem tinha vivido aquilo mesmo, que ela ia procurar os outros filmes que Sofia citou, que não vai conseguir gravar os nomes, mas depois pega com ela, e depois falam sobre a execução da Marielle, que os últimos tempos não estão nada fáceis, e Sofia mostra um post no Facebook de alguém dizendo que vai desmascarar o novo mito da esquerda, que ela engravidou aos dezesseis anos, que era ex-mulher do Marcinho VP, que era usuária de maconha, que foi eleita pelo Comando Vermelho, que foi defender uma facção rival em Acari, que exonerou seis funcionários recentemente, e que mesmo assim diziam que quem matou foi a polícia, e Maria fica estarrecida e diz que não tinha visto aquilo, que era um absurdo, como é possível que as pessoas não respeitem sequer o luto, que inventem aquelas mentiras todas, que escrevam aquilo, que divulguem aquilo, tem alguma coisa muito errada com as pessoas, não é normal, não pode ser normal, e Sofia concorda, fala que fica pasma, que não sabe como pode existir gente assim, e as duas conversam muito sobre cinema, livros, bebidas, comida e viagens até as duas da manhã, quando Maria diz que está tarde, que tem que estar nove horas na ONG, que precisa descansar, e Sofia pergunta se podiam pedir a saideira e a conta, e podiam, e pedem, e quando pagam Sofia diz que sabe que ela precisa dormir, mas quer saber se Maria não quer fumar um na casa dela, que é ali do lado, naquela rua, e Maria pensa dois segundos e ri e diz que já está fodida mesmo, que podem ir, e elas se levantam pra partir.

13.

Sofia mostra a sala, o quarto, os quartos dos amigos, o banheiro, a cozinha com o chão de azulejos azuis-claros onde elas sentam frente a frente pra fumar o baseado que já estava fechado e guardado numa caixinha de metal e tomar o primeiro dos dois latões de Brahma que pegaram na saída do bar, o Gal Fatal tocando baixinho na caixinha portátil em cima da mesa, e Sofia vai fazer xixi e quando volta ela senta bem perto de Maria, enlaça a mão dela e passa os dedos nas palmas, e com os olhinhos vermelhos olha pra ela e dá um sorriso, e Maria também sorri com os olhos vermelhos, e Sofia coloca a mão na nuca de Maria e puxa de leve o rosto em direção ao seu, e se dão um beijo longo e lento, as línguas se mexendo devagar, tentando sentir cada pedacinho da boca uma da outra, as mãos de Sofia acariciando a bochecha e o pescoço de Maria, e Sofia beija a orelha de Maria, que sente um arrepio forte e dá um gemido baixo, e

Sofia coloca a língua na orelha dela, e lambe o pescoço, tudo devagar, sem pressa, como se não houvesse nada além daquilo no mundo, e Sofia vai baixando a mão até a lateral da barriga, depois sobe pros seios, e baixa novamente, e puxa o vestido de Maria um pouco pra cima, e passa a mão na coxa esquerda, perto do joelho, perto da virilha, e Maria já está deitada no chão da cozinha quando Sofia pega a mão dela e diz vem, vamos pro quarto, e elas vão, e Sofia tira a camiseta, joga no chão e se deita no meio da pernas de Maria, e lambe a virilha de um lado, depois do outro, e Maria faz um barulho entre um gemido e uma respiração pesada, e Sofia puxa a calcinha dela pro lado e enfia a língua na boceta, e Maria se contorce e geme com força, alto, e Sofia lambe os lábios por um tempo, depois o clitóris, e depois penetra Maria com a língua, e depois com um dedo, só um pouquinho, devagarzinho, entrando e saindo, depois com dois, mais fundo e mais forte, e lambe o clitóris de novo, e fica ali, lambendo, lambendo, lambendo, beijando, sugando, beijando, lambendo, e Maria geme baixinho, se contorcendo de leve, puxando a fronha do travesseiro com força até que agarra a cabeça de Sofia com força, diz que vai gozar e goza.

14.

Depois de um minuto atirada na cama, meio mole, sem forças pra se mover, Maria abre os olhos, se vira para Sofia, sorri, diz obrigada e começa a se mexer em direção ao corpo dela, e Sofia faz um carinho no rosto de Maria e diz que não precisa, que já está tarde, que foi ótimo, foi maravilhoso, só de ver ela gozar daquele jeito lindo não precisa de mais nada, mas quem sabe Maria não podia passar a noite lá, podiam dormir abraçadas, e Maria diz que infelizmente tem que sair cedo pro trabalho, não quer atrapalhar, fazer ela acordar cedo com despertador, ter que abrir a porta, essas coisas, e Sofia diz que também vai sair cedo pra aula, que precisa estar às oito no Largo de São Francisco, no Centro, que pode emprestar uma camiseta para Maria dormir, e Maria diz que então tá bem, e ela veste a camiseta larguinha que a menina busca no armário e a calcinha que estava perdida no meio dos lençóis, e depois de fazer xixi e de tomar boa parte do copão de água que esperava na mesa de cabeceira ela deita ao lado de Sofia, e Sofia ativa o despertador, encosta a cabeça no seu ombro, coloca a mão no seu peito, diz boa noite e apaga a luz, e com os corpos colados e ouvindo a respiração uma da outra, as duas adormecem rápido, e quando Maria acorda percebe que Sofia não está mais ali, e ela se assusta, e sai da cama num pulo, e sente tudo girar, e busca o celular na bolsa e vê que ainda são sete e quinze, que não está atrasada, mas que precisa voltar pra casa e se arrumar, e sai do quarto meio atordoada, com a cabeça explodindo, meio tonta, e encontra Sofia na cozinha, já de banho tomado, arrumadinha, perfumada, e Sofia dá bom dia e diz que está um sol lindo lá fora, que achou que ela não ia acordar nunca mais, o despertador tocou, Sofia fez barulho, tomou banho, se arrumou e nada, ela fez um suco de manga pras duas, é o suco preferido dela, e Sofia pega um copo no escorredor de louças e despeja nele o que ainda resta na jarra do liquidificador, e Maria agradece, toma um gole, diz que está muito bom, bem docinho, uma delícia, e pergunta se ela não está de ressaca, elas tomaram a mesma quantidade de cerveja e Maria está destruída, mal consegue raciocinar, que horas nós fomos dormir mesmo?, e Sofia ri e diz que quase nunca tem ressaca, que só tomando dez litros de gasolina com Corote falsificado pra ficar mal, e olhe lá, que comendo aquele hambúrguer de ontem nem assim, que está bem de boa, que foram dormir um pouco depois das quatro, e diz que tem que sair pra aula no máximo em dez minutos, mas que Maria pode tomar um banho se quiser, ela já deixou inclusive a toalha separada no banheiro, depois é só bater a porta, de boa, é só não bater muito forte porque os meninos chegaram depois da gente e ainda estão dormindo, e Maria diz que não, só precisa fazer um xixi, tem que ir pra casa, elas podem inclusive descer juntas, ela só vai buscar a bolsa no quarto e passar no banheiro rapidinho e já fica pronta.

15.

Mesmo que não desse nem dez quadras até em casa, Maria prefere pegar um táxi, nem tanto pelo tempo, nem tanto pela pressa, mas porque consegue imaginar o sofrimento que seria andar aquele pouco mais de um quilômetro do meio de Botafogo até o Humaitá naquele estadinho, meio grogue, sem saber se é ressaca ou se ainda está bêbada, e fica na dúvida se falta ou não ao trabalho, é só ligar ou mandar uma mensagem dizendo que não está se sentindo bem, tanta gente inventa doença e mata o trampo, mete um atestadinho, um clássico, dor de cabeça, dor de garganta, enjoo, ela nunca fez isso, nunca faltou um só dia, e fica nesse vou, não vou, vou, não vou até que se levanta de supetão do sofá, toma um banho morno, passa um café forte, come uma banana e desce pra pegar um táxi pra ONG, e o taxista puxa papo, pergunta o que ela faz, onde trabalha, essas coisas, e ela diz que é formada em psicologia e trabalha numa ONG de direitos humanos, e ele quer saber qual é a posição dela em relação à bandidagem, e ela se esquiva da resposta, e ele pergunta se ela bebe e ela diz que bebe socialmente, e ele comenta que está sentindo cheiro de álcool no carro, que deve ter caído alguma coisa de outro passageiro, e ela diz que não está sentindo cheiro nenhum, mas pode ter caído algo, sim, e quando conta isso Dulce gargalha e diz não acredito, mulher, não sei se tu tá bem ou tu tá mal, tu parece um defunto, mas um defunto feliz, já vi que a noite foi boa, tá com cara de quem tirou a teia de aranha da boceta, e Maria diz que sim, que foi foda, viram um filme muito massa, cinema mineiro, nunca tinha nem ouvido falar dessa galera, mas a Sofia sabia tudo, conhecia os atores, o diretor, tinha visto todos os filmes dele, depois fomos ali pro Comuna pegar um hambúrguer, aliás, bom pra caralho, ela comeu um vegetariano e eu comi um com chimichurri, alto nível, depois fomos pro Alfa, ali na frente, uma multidão, só gente nova, vinte, vinte e pouquinhos, e eu lá, de coroa, de tia, me achando a guriazinha, entornando cerveja de milho transgênico como se não houvesse amanhã, e de lá fomos pra casa dela, casinha dividida, toda arrumadinha, toda bonitinha, com uma samambaia no quarto que ela disse que não sei quem disse pra ela que quem sabe cuidar de samambaia já é adulto, a coisa mais linda, e, cara, quando a gente chegou a menina tomou toda a iniciativa, eu lá, sem saber muito o que fazer, e ela colocando a mão por baixo do meu vestido, puxando minha calcinha pro lado, me levando pela mão pro quarto, caindo de boca, e olha, fazia muito tempo que eu não transava chapada de maconha, maconha boa ainda por cima, mas puta que pariu, caralho, a menina tem a manha, viu?

16.

O mandado de prisão de Lula foi expedido, ele vai ser preso amanhã, no máximo depois de amanhã, não tem mais o que fazer, já tá decidido, um burburinho geral na ONG, notícias na internet, mensagens em grupos de WhatsApp, que a elite nunca vai aceitar que um operário metalúrgico nordestino sem um dedo seja o melhor presidente do Brasil, que aquele cara que saiu das greves do ABC e até ontem mal sabia falar seja o mais votado da história, admirado pelo Obama, pelo mundo todo, que ele está pagando pelos próprios erros, fez alianças espúrias com a velha política e não moveu uma palha para acabar com os privilégios de quem sempre mandou no país, essa gente é traiçoeira, na primeira oportunidade deram um golpe e agora querem evitar que o cara se eleja, porque ninguém pode bater de frente com ele no voto, mas foi ele mesmo quem pediu isso, porque era pra ter acabado com o poder dessa gentinha quando era possível, da Globo, dos banqueiros, dessa corja, e agora já era, é inegável que ele tem culpa no cartório, destruiu a Petrobrás com corrupção, é óbvio que o sítio é dele, que o triplex é dele, ele tinha que se exilar, sair do país, ir pro Uruguai, parece que está fugindo agora pra Venezuela com a cobertura do PCC e os carros da polícia federal já estão em perseguição, mensagens de tudo que é tipo, e Maria, Dulce e Regina cogitam ir até São Bernardo participar da vigília, mas não vão, preferem ir ao ato na Candelária, e acham esvaziado demais, chocho demais, sem energia, sem ânimo, como se tudo já estivesse perdido, mesmo que as pessoas no carro de som digam que não é pro Lula se entregar, que estão com ele, que vão vencer, mesmo assim todo mundo parece derrotado, entregue, sem vontade de cantar, sem vontade de gritar, e depois de um tempo naquela concentração desesperadora, estranha, elas saem em direção à Avenida Rio Branco, e Dulce diz que mais parece uma procissão do que um ato, as palavras de ordem não pegam, os cantos não embalam, nada, nada, nada, marcha fúnebre, que é o que Maria comenta antes de Regina dizer que aquela caminhada está fazendo mal a ela, que não está gostando de estar lá, que está sentindo uma coisa ruim, e Dulce sugere irem pro Amarelinho comer alguma coisa, tomar um chope, esperar o fim do ato, e é o que fazem, falando da ausência de saídas, da derrota, dos pontos entregues, do simbolismo que é aquela prisão, de como não imaginavam viver o que estavam vivendo, e Regina comenta que só tinha gente mais velha, a militância não se renovou, aquela galera não vai empurrar nada pra frente, é tudo cavalo cansado, e um grupo de jovens se aproxima do bar, e Maria vê que Sofia está lá entre eles, e diz não acredito, e chama ela com um grito, e ela acena toda sorridente e se aproxima da mesa, e se apresenta a Dulce e Regina, prazer, prazer, e Maria pergunta se ela quer sentar e ela diz que não, que está só de passagem, que vai no banheiro, no Amarelinho é sempre de boa, mas estavam indo pro Bar da Cachaça, e Maria pergunta o que ela achou do ato, e ela responde que achou de boa, que na verdade nem estava muito a fim de ir, mas que a galera da faculdade estava indo, e ela estuda ali do lado, né?, daí foi, mas nem acha tão importante assim, acha o Lula meio pelego, tem um monte de gente presa no Brasil e ninguém faz nada, um monte de preto, um monte de pobre, um monte de gente anônima, que ninguém conhece, todo mundo engaiolado nesses presídios superlotados da vida e ninguém move uma palha, o Lula vai ter direito até a uma celinha boa, ar-condicionado, caminha, tudo, mas é isso, ela era muito menina na época que ele foi presidente, sabe que ele é importante, óbvio, mas acha que não é pra isso tudo, e pede um gole do chope de Maria, diz que precisa muito ir ao banheiro, que todo mundo já foi, que a galera está esperando ela pra ir pra Lapa, que vai rapidinho, que tá apertadíssima, mas passa ali pra se despedir direito, e volta, pega uma batatinha frita, dá um beijo no rosto de Maria, diz tchau pra Dulce e pra Regina e parte.

17.
E não passa nem dez segundos pra elas rirem e Dulce dizer que é isso, amiga, se deu bem, hein?, a menina é linda, não achava que era tanto, mas e aí, é namoro ou amizade?, e Regina concorda, ela é muito bonitinha mesmo, tem uma carinha ótima, um astral bacana, parece ser muito legal, e Maria responde que sim, ela é massa, muito interessante, mas que namoro o quê, tá maluca, Dulce?, olha isso, não tem a menor chance de ir pra frente, a menina mal sabe quem é o Lula, não viveu nada daquilo, mano, eu torci pro Lula em 89, eu cantei o jingle, Lula lá, brilha uma estrela, Lula lá, cresce a esperança, Lula lá, meu primeiro voto, eu sofri pra caralho quando ele perdeu, comemorei pra caralho quando ele ganhou, eu era jovem no começo dos anos 2000, e ela com quantos anos?, já tinha nascido?, eu tô mal pra caralho, tô triste, o cara tá sendo preso, tá lá em São Bernardo quase em prisão domiciliar, e a menina tá bem de boa, vai curtir uma night na Lapa depois dessa merda de ato, e não tô julgando, não, não tô moralizando, não, acho inclusive que talvez quem esteja certa seja ela, mas é muita diferença, e Dulce fala que isso não tem nada a ver,

que o amor não respeita fronteiras, que o que importa é a química, e Maria insiste que não tem como avançar, é massa, é, papo bom, ótimo, trepada maravilhosa, mas tô meio cansada disso, essa dor da solidão, essa fragilidade das amizades daqui, eu não nasci aqui, não tenho amigos de infância aqui, gente com quem dividi a vida, sabe?, são amizades sem passado, e eu sei que não tô sozinha, sei que tenho vocês, mas tô com vontade de ter alguém mais próximo, pra dormir, pra acordar, pra não fazer nada, pra dividir as contas que seja, e não vai ser com ela, não, imagina, eu mal sei chupar boceta, ainda bem que ela falou pra gente dormir, porque eu acho que ia me atrapalhar toda, ia passar a maior vergonha, e a menina não tem uma celulite, nada, acorda de boa, toda linda depois de tomar um caminhão de cerveja e dormir três horinhas, não, não, não tem como, já deu o que tinha que dar.

18.

E quando abre os olhos já é meio da manhã, nove e meia passada, e ela está com uma sensação estranha, contraditória, angustiante, uma vontade de querer sair voando pela janela e ao mesmo tempo de não querer sair da cama, uma gastura com a casa, com o quarto, com a cor da parede, com os quadros, com o cabide cheio de bolsas que não usa mais, com a cortina blecaute que abre com qualquer ventinho e deixa a porra da luz do sol bater direto na cara dela, com os barulhos dos carros, com os gritos na rua, saudosa de Porto Alegre, meio melancólica, meio nostálgica, sentindo falta da mãe, do pai, do irmão, do cachorro, na cabeça a música da propaganda do Zaffari, Porto Alegre é que tem um jeito legal, é lá que as gurias, etecétera e tal, nas manhãs de domingo, esperando o Gre-Nal, passear pelo brique num alto astral, os olhos úmidos enquanto passam pela cabeça imagens da casa antiga onde morou quando era criança, a casa que foi dos seus avós e da sua mãe quando era criança, a casa que não existe mais porque hoje tem um prédio enorme no terreno dela e do vizinho, e ela se esforça pra lembrar do carpete amarelo, da portinha que levava pra garagem, do quarto dela, do quarto do irmão, de umas coisas bobas, como a bronca que levaram no dia que grudaram vários chicletes no cabelo um do outro, dos churrascos que os pais faziam com os amigos, dos discos de vinil que escutavam depois de comer, de adormecer embalada pela conversa dos adultos, segura, sabendo que o mundo continuaria depois que ela fechasse os olhos, do bairro, o Menino Deus que tinha inspirado Caetano numa música que ela ama e que coloca pra tocar no computador assim que sai da cama depois de um tempo olhando pra cima com a cabeça atirada no travesseiro, um porto alegre é bem mais que um seguro na rota das nossas viagens no escuro, e ela se lembra de caminhar com a empregada por esse bairro que parecia quase uma extensão da casa, de irem no súper, de irem na fruteira, na padaria, na feira, de irem passear, e de como era bom, e de como ela amava aquela mulher que morreu há mais de vinte anos, e lembra das fotos com ela e com o irmão, os três na varanda daquela casa sorrindo pra câmera na imagem emoldurada e pendurada na parede do apartamento onde os pais moram agora, de como gostou de mudar para o turno da manhã no colégio, porque quando ia dormir demorava menos tempo para encontrar os amigos que tanto gostava, Gabriel, Lucas, Renata,

Marcelo, Claudia, gente que ela não tinha a menor ideia do que estava fazendo agora, se estavam felizes, se estavam tristes, se estavam deprimidos, se tinham casado, se tinham filhos, nada, nada, nada, e ela acha muito doido isso, não saber mais nada dessas pessoas com quem convivia de segunda a sexta, com quem estudava, viajava, ia nas festas e com quem tinha perdido o contato há muitos anos, e talvez sempre tenha sido isso a vida, a alegria da infância, a excitação da adolescência, os sonhos da juventude e a frustração do mundo adulto, sempre assim, sempre esse caminho, disputas de poder, brigas de ego, derrotas, tristezas, tudo aquilo que se acumula e do que é preciso se proteger pra que se possa ter uma velhice minimamente vivível, saudável, em paz, e lembrar desses tempos de criança e de adolescência e de Porto Alegre um dia depois de ver sozinha o Lula ser preso é bom e é ruim ao mesmo tempo, dá uma sensação estranha, porque são boas memórias e são também desilusões, tudo ao mesmo tempo, e Maria pensa que talvez seja hora de passar um tempinho em Porto, um feriadão, uma semana, reenergizar, recarregar as baterias, espairecer um pouco, sair do mundinho que não estava fazendo nada bem, o Rio de Janeiro, o trabalho, a vida, embora ela saiba como essa cidade que lembra é uma cidade no tempo, não é uma cidade no espaço, essa cidade também acabou, não existe mais, desapareceu, e com os olhos ainda cheios de lágrimas ela pega o telefone pra ligar pra casa, ouvir a voz da mãe, ouvir a voz do pai, perguntar como eles estão, o que estão fazendo, se está tudo bem com eles, pra ouvir eles perguntarem se está tudo bem com ela.

19.

E estão na mesa, o pai fazendo churrasco, a mãe fazendo salada de maionese, os dois tomando caipirinha, como em todo domingo, e Maria diz que está com vontade de se teletransportar pra lá, pra um pedaço de costela, pras piadas ruins do pai, pro colo da mãe, e a mãe comenta que ainda bem que ela não tem WhatsApp e não está no grupo da família, porque senão com certeza ia arrumar confusão, com certeza ia dar briga, porque a tia está em polvorosa com a prisão do Lula, não para de mandar mensagens, não para de mandar memes, uma foto dele com uma garrafa na mão dizendo que vai beber como um condenado, que vai fazer um pronunciamento em cadeia nacional, umas bobagens assim, horríveis, a mãe já pediu pra ela parar, que ali não é lugar de discussão política, mas ela não para e fica mandando umas mentiras brabas, que a mãe não sabe de onde ela tira aquilo, umas coisas absurdas, que o filho do Lula é dono da Friboi e anda com uma Ferrari banhada a ouro, que a esquerda apoia um tal de kit gay, que ativistas de esquerda entraram com um projeto de lei pra obrigar que os uniformes sejam unissex, que um tal de Pabllo Vittar vai se candidatar à presidência pelo PSOL, umas coisas muito loucas, e Maria sente uma raiva gigante da tia, e só fala aham, e a mãe diz que no mais está tudo certo, que está começando a esfriar, que de manhã cedo e de noite já tá bem fresquinho, que ela tirou os edredons do armário, que não se fazem mais invernos como antigamente, que eles compraram uma iogurteira nova, que segue no pilates, que agora está craque, que faz umas posições muito difíceis, que o professor até elogiou, que está com saudades e quer saber se ela não tem planos de ir pra lá, e Maria diz que também está com um banzo danado, que está sentindo falta da carne boa, do frio, do apartamento, deles, que é pra mandar um beijão pro pai, pra perguntar se vai ter jogo do Grêmio hoje, e o pai pega o telefone e diz que é pra ela se arrumar que paga um voo pra ela ir agora pra lá, que segura uma carninha malpassada no churras, que depois podem ver o jogo do tricampeão da América juntos, e ela ri e brinca que está saindo de casa, e ele pergunta como tá tudo por aí, minha filha?, e ela diz que está tudo indo, que aquela não é a melhor das fases, mas vai passar, que não precisa se preocupar, que tem acordado com muita saudade deles, que foi ótimo conversar um pouquinho, vai lá cuidar da carne se não vai passar, um beijão, outro, tchau, tchau, e ela desliga feliz por ter pais como aqueles, amorosos, carinhosos, que deram tudo do bom e do melhor pra ela e pro irmão, que estão envelhecendo bem, próximos, fazendo as coisas que gostam, e ela se sente mal de estar longe, culpada, desamparada, frágil, puta consigo mesma por isso, porque os pais sempre diziam que criaram os filhos pro mundo, porque já é uma mulher feita, porque daqui a pouco vai fazer quarenta anos, que não é mais uma menininha pra querer voltar pro útero, que precisa bancar as escolhas, que precisa enfrentar esse mundo, que isso é o mínimo que pode fazer, mas tá foda, uma melancolia, uma tristeza, e ela só quer isso mesmo, estar em Porto Alegre, ser criança de novo, um pedaço de carne assada pelo pai e um colinho da mãe.

20.

E Maria passa o resto do dia sem sair de casa, trancada, com raiva do céu, do sol, do calor, da solidão, de saco cheio do trabalho, de saco cheio da cidade, de saco cheio do país, fechada no apartamento num domingo lindo, pedindo um hambúrguer enorme com bacon, batata frita e uma latinha de Coca-Cola, sentada na frente da televisão, zapeando coisas idiotas, programa de cachorro, de gente sendo presa em aeroportos, desenho animado, até voltar pra cama por volta das dez e adormecer com a luz acesa como se a luz fosse uma companhia quando ela fechasse os olhos, e a luz fica acesa até ela acordar por volta das seis horas e ver pela janela a claridade tênue do dia nascendo, e ela lava o rosto, se olha no espelho e pensa que esse é o caminho que escolheu, e se o país está uma merda, se a cidade está uma merda, se o trabalho está uma merda, não tem que ficar queixosa em casa, mas fazer alguma coisa, sempre foi assim e vai ser assim de novo, tomar um café da manhã caprichado, um banho demorado, se arrumar pra chegar plena pra reunião e pra vida que ela escolheu, pro tanto de gente que precisa da labuta de formiguinha pra aos poucos chegar num mundo mais justo, mais alegre, mais solidário, mais digno, o mundo que ela sonha, e ela come um misto-quente, um iogurte, um pedaço de mamão, toma duas xícaras de café preto pra ter energia pra chatice da reunião e pras articulações do evento com as mães do Rio e de São Paulo, a compra das passagens, as reservas de hotel, o apoio pro coffee break, a montagem das mesas, detalhes que quer tentar fechar naquela tarde pra começar a pensar na divulgação, e veste uma calça jeans quase nova e a camiseta azul clara com vermelho do Baader-Meinhof, passa um batonzinho de leve, um rímel, coloca uns grampinhos no cabelo, pleníssima pra encarar o bicho, pra espanar a bad, pra sacudir a poeira, e desce pra pegar o ônibus, e o ônibus não para no ponto, e ela odeia aquilo com todas as forças, e só passa outro quase quinze minutos depois, e ela chega atrasada na reunião, e sente que olham estranho, talvez porque chegou atrasada, porque a porta bateu meio forte, porque a cadeira soltou um rangido, vai saber, e ela pega o caderninho e a caneta, coloca a data no topo da página, 8 de abril de 2018, as pautas burocráticas daquela reunião feita por obrigação, nenhum debate, nenhuma discussão, aprovações por unanimidade, que Heloísa parece levar com um prazer enorme, com uma alegria evidente ao ler as atas do mês anterior, ao mencionar os relatórios que devem ser aprovados, ao listar as rubricas orçamentárias e os respectivos valores com uma cerimônia e uma seriedade que fazem com que pareçam ser as coisas mais importantes do mundo, tudo aquilo que Maria não curte e mesmo assim registra em detalhes no caderno até o momento em que a diretora fala olha, por hoje é só, os pontos foram cumpridos, estão todos liberados pro almoço, e Maria pergunta a Regina e Dulce se elas sabem quem eram aquelas pessoas que nunca tinham ido a nenhuma reunião, se alguém mencionou o que é que estavam fazendo lá, que achou que tinham olhado estranho quando ela entrou na sala, mas sei lá, é só uma impressão, pode não ser nada, e Regina explica que eram mulheres vítimas de violência doméstica, estavam lá para assistir a reunião e entraram na sala todas juntas, meio marchando, Regina não sabia bem por quê, enfim, tinha muitas coisas que não entendia mais, mas que não tinha sentido nenhum olhar estranho de ninguém, que deve ser só impressão mesmo, que quando alguém entra na sala depois da reunião ter começado é natural que as pessoas olhem, que não sentiu nada de diferente, não, que Maria pode se acalmar, e Maria se acalma, e almoça bem, com apetite, agrião, alface, tomate, arroz integral, feijão azuki, filé de linguado, purê de abóbora, um expresso duplo, e trabalha a tarde toda, no pique, fazendo ligações, montando mesas, escolhendo hotéis, fazendo tudo o que tinha planejado fazer naquele dia, o evento praticamente pronto, vai ser lindo, agora é só bombar a divulgação, viralizar a parada, vai dar bom.

21.

Oi, amiga, tudo bem?, pode falar?, tudo bem nada, não tá sabendo?, ai, caralho, o que houve, não tô sabendo de nada, e Dulce responde que soube no domingo de noite que rolaram umas mensagens nuns grupos de zap dizendo que elas iam dar um golpe na coordenação e todos tinham que ir à reunião pra barrar, é por isso que aquelas mulheres estavam lá, porque falaram que se elas duas tomassem o poder a pauta ia ser cancelada, porque elas sempre foram contra, argumentaram contra, fizeram lobby contra, articularam contra, votaram contra e perderam, e agora querem o poder na marra, não sei de onde vieram as mensagens, não sei por que vieram, só sei que rolaram, me deu um embrulho no estômago, uns trechos em letras garrafais, convocação urgente, ameaça, proteção das mulheres em risco, e Maria diz amiga, que é isso?, como assim mensagem?, como assim golpe?, quem nos conhece um minuto sabe que a gente odeia esses cargos, a Heloísa inclusive me convidou pra ser vice e eu não aceitei, quem nos conhece por dois minutos sabe que se a gente quisesse o cargo ia fazer todo o processo e participar da próxima eleição, e outra, como é que se dá um golpe na coordenação de uma ONG?, eu não consigo nem imaginar como é isso, chega e dá um tiro, chega e grita que agora é a coordenadora, caralho? como, pelamor?, e agora ela entende a cara das pessoas na reunião, olharam estranho pra ela, sim, faz todo sentido, que perversão, Dulce, por que estão fazendo isso com a gente?

22.
Mano, qual é a diferença disso pras paradas que a minha tia compartilha?, filho do Lula não sei o quê, kit isso, kit aquilo, Pabllo Vittar pra cá, Pabllo Vittar pra lá, me diz, qual a diferença?, eu não vejo nenhuma diferença, nenhuma, nenhuma, o modus operandi é exatamente o mesmo, antes tinha aqueles textos nada a ver e a assinatura, Luis Fernando Veríssimo, Clarice Lispector, Martha Medeiros, Caio Fernando Abreu, frases toscas, a vingança nunca é plena, mata a alma e envenena, assinado Clarice Lispector, goste de alguém que te ame, não goste apenas do amor, assinado Luis Fernando Veríssimo, sei lá, umas coisas assim, mas agora é isso, Caio Fernando Abreu, a minha tia reacionária, a esquerda, tudo igual, mentiras sobre a vida dos outros assim, do nada, nenhuma preocupação com a vida alheia, com a repercussão, com a reputação das pessoas, porra, mano, tudo isso pra quê, pra se manter no poder?, é isso?, então fica com a caralha do poder, porra, toca uma siririca, tira uma selfie na cadeira da direção e posta no Insta, recebe os likes, maravilhosa, diva, mulherão da porra, rainha da porra toda, goza com isso, pode gozar, sem problema, vai fundo, curte, se diverte, se esbalda, grita, enfia no cu, mas, cacete, mano, não mente sobre a vida dos outros, não diz que os outros fizeram uma coisa que não fizeram, não faz isso, por favor, que tipo de jogo é esse?, passou de todos os limites, né?, onde já se viu, cara?,

onde já se viu uma coisa dessas?, isso pode acabar com a carreira de alguém, imagina, quem é que vai querer trabalhar com golpista, contratar golpista, dividir mesa com golpista, ir pro bar com golpista, eles já têm a instituição toda, já fazem o que querem com ela, ainda precisam vir com essa?, nos queimar desse jeito, chamar gente pra ser polícia da reunião, que paixão vazia pelo poder é essa, cara?

23.
Regina escuta tudo, as reclamações, a ira, a pilha, eu acho que a gente tem que fazer alguma coisa, não sei, não sei, talvez a gente precise responder na mesma moeda, dar o troco, mostrar que a gente tá aqui, é óbvio que foi coisa deles, né?, nenhuma dúvida, a gente tem que dar um basta, um limite, se é assim que querem que as coisas funcionem é assim que as coisas vão funcionar, é só inventar uma coisa pesada sobre eles e divulgar, simples assim, fácil, a gente diz que roubaram grana, que forjaram relatório, que mataram uma criança, que traficam órgãos e deu, espalha por aí, por e-mail, nos grupos, fode com eles também, porra, e Regina diz que talvez seja a pessoa que mais sofre com a situação, a instituição que criou com tanto amor e carinho desmoronando, e entende a raiva que as meninas sentem, não é fácil sofrer um ataque assim, gratuito, mentiroso, desonesto, ela já foi atacada também e é terrível, dá uma mistura de ódio, de tristeza, de desalento, vontade de voar no pescoço, mas o revide é a pior coisa a fazer, a lógica da vingança é terrível, que têm que aprender a combater o adversário sem se espelhar nele, quem segue a lógica do oponente já entra derrotado, perde mesmo quando ganha, respirem fundo, não façam como ela, não façam como eles, é preciso sem-

pre ser ético, fazer o mundo que se acredita, mostrar que o que se diz e o que se faz está em sintonia, se eles gostam tanto do poder, deixa estar, deixa pra eles, mas não vão ter o prazer de nos ver rebaixadas, com golpes desleais pra tentar vencer o que quer que seja, ficar nessa é se entristecer, é se boicotar, é perder a força, e força é tudo aquilo que a gente precisa pra viver, pra construir o mundo que a gente acredita, e por isso a gente tem que guardar energia pras brigas boas, pras brigas que valem a pena, e também pra outras coisas que não são brigas e valem ainda mais a pena, pro amor, pra amizade, pro tesão, pra arte, pras viagens, pros livros, pra esse monte de coisas, porque senão fica tudo cinza, a gente se deprime, tudo perde a graça e já era, e é assim que eles ganham de vez, essa é a vitória dessa gente, e Maria diz que ela é impressionante, parece sempre um passo à frente, que se sente a aprendiz diante da mestra, quando acha que já está pronta vem aquela aula, num primeiro momento deu até raiva, estava com sangue nos olhos, queria ir pra cima mesmo, dar o troco, devolver na mesma moeda, que aquele negócio de panos quentes deixou ela ainda mais irritada, mas agora é obrigada a concordar, é isso mesmo, é uma luta consigo mesma, com coisas estranhas que nos habitam, com quem queremos ser, o que queremos fazer, e é preciso lutar com isso, enfrentar, dissipar, lutar com o próprio desejo, não sei se tá certo falar isso, mas é isso, né?, lutar contra essa raiva, contra essa sede de vingança, contra o ímpeto de espelhar gente medíocre, fraca, triste, e virar medíocre, fraca e triste junto, e Dulce concorda que Regina é impressionante, se não fosse por ela agora estariam pensando numa história qualquer pra atacar o outro lado, e poderia até ser divertido, beleza, pensar nos detalhes, escrever, lapidar, caprichar pra ficar convincente, mas seria uma diversão triste, né?, uma diversão amarga, e sabe-se lá onde isso podia levar, uma parada meio sem fim, tipo aqueles filmes de máfia, O poderoso chefão, Era uma vez na América, essas paradas, os caras ficam lá se atacando, primeiro umas coisas poucas, umas bobagens, e quando vê estão matando os filhos uns dos outros, se matando, e cada um sempre quer dar a última resposta, e fica aquela aura triste, cruzes, quero distância disso, ninguém aqui é Marlon Brando, ninguém aqui é Al Pacino, quero outra coisa da vida, e Maria responde que também quer outra coisa da vida, deixa aquela gente fraca pra lá, e por falar nisso a Sofia mandou mensagem, amanhã tem uma festa perto da Rua do Mercado, ai, ai, não pilha de ir junto?, a gente vai ser as tiazona do rolê, né?, mas, se Maria prometer que apresenta um amigo de Sofia bonitinho e magricelo, ela pode até começar a pensar no caso, e Regina diz que é isso mesmo, que elas tinham que ir pra festa, que ir pra festa é um jeito de responder muito melhor do que querer ficar imitando a onda ruim, porque quando a gente imita a onda ruim a gente toma caldo da onda ruim, se afoga, perde o ar, se dá mal, é isso aí, meninas, vão pra festa mesmo.

24.

Maria e Dulce tomam o martelinho de Seleta, pedem a conta e caminham da Rua do Ouvidor até a Rua do Mercado, se instalam ao lado do isopor de uma ambulante chamada Deisy, três Heineken por quinze, e Maria observa, olha ao redor e comenta que Sofia não está lá, será que não vem?, já é meia-noite e meia e nada, ela falou que ia chegar pelas onze, será que vou tomar um bolo, amiga?, será que mando uma mensagem?, e Dulce responde calma, amiga, é uma festa, ninguém bate cartão, daqui a pouco ela chega, vou pegar mais uma pra gente, olha ali, o bicho tá começando a pegar, festival de colágeno essa pista, hein?, foda-se se vão dizer olha ali, a coroa deve ter se perdido, vou tomar só mais essa e entrar, adoro Karina Buhr, e Maria diz que a coisa tá animada, que tá esquentando mesmo, que também adora Karina Buhr, eu sou uma pessoa má, eu menti pra você, eu sou uma pessoa má, eu menti pra você, você não podia esperar, ouvir uma mentira de mim, que pena eu não sou o que você quer de mim, e ela sente um cutuque no ombro, vira pra trás e vê o sorriso enorme de Sofia, e Sofia dá um selinho nela e diz que bom que você veio, chegou faz muito tempo?, e Maria fala que chegou faz pouco, que a festa tá ótima, rua é muito bom, vocês duas se conhecem, né?, Dulce, Sofia, Sofia, Dulce, e Sofia aponta pro outro lado da pista, ih, caraca, olha ali meus amigos, vamos chegar ali?, e Dulce é mais rápida do que Maria, vamos, vamos, sim, Maria e Dulce, esse é o pessoal, pessoal, essa é a Maria, essa é a Dulce, e acenam uns pros outros, e dançam, e alguém bota um haxixe na roda, e fumam, e bebem, e Maria empresta o cartão pra Sofia buscar mais cerveja, e Maria empresta o cartão pros amigos de Sofia buscarem mais cerveja, e Maria fica curiosa com a coisa colorida, azul, amarela, verde, vermelha que metade da festa está tomando, é Corote, quer provar?, e Maria pergunta se não é radioativo, se não tem limite de idade, se não tem cicuta na composição, toma um golinho e acha horrível, doce, enjoado, e elas bebem mais cerveja, e fumam mais haxixe, e dançam mais, forró, tecnobrega, axé, piranha é um peixe voraz do São Francisco, não, não, perdão, Amazonas, funk, toma, toma, toma, caralho, fica de quatro, fica de quatro, fica de quatro, e Maria dá três passos pra trás e admira a energia das rabas quicando no chão, gerações, a beleza da vida, a música, a noite, tudo que fica mais lindo quando Sofia vai até ela e puxa um beijo sorridente, excitado, carinhoso, e ouvem atrás delas os gritos de chão, chão, chão, chão, chão.

25.
Sofia puxa Maria até a rodinha, Maria resiste, Sofia insiste, vai malandra, eta louca, tu mexendo com o bumbum, desço, rebolo gostoso, empino te olhando, te pego de jeito, e tenta fazer com que ela dance um pouquinho, só um pouquinho, vai, vem aqui, vou te ensinar a fazer o quadradinho de oito, tô brincando, tô brincando, nem sei fazer, mas vem, vamos dançar, e Maria fica com vergonha, diz que não quer, nem sabe que músculos mexer, que as articulações da terceira idade não aguentam o impacto, que não tomou o cálcio hoje, e volta pro lado de Deisy, pede uma cerveja pra ela e mais três pra levar pra pista, e entrega as latinhas e volta pro lado da ambulante, e Deisy comenta que não tem jeito, é sempre assim, na hora do funk o bicho pega, é uma loucura, ela também adora funk, mas faz tempo que não vai pro baile porque trabalha no fim de semana, e Maria pergunta onde ela mora, e ela responde que não é longe, na Providência, dá pra ir e voltar a pé, e Maria diz que bom, e o funk não para, cinco da manhã e Dulce animada no meio dos amigos de Sofia, e o DJ coloca um carimbó, e Sofia agarra Maria pela cintura, dá um selinho e diz que a festa está caindo, porra, funk é o auge, depois de funk não tem mais nada, vai colocar o quê?, daqui a

pouco tá no reggae, só derrota, que acha da gente partir?, posso chamar um uber, qual é seu endereço mesmo, é no Humaitá, né?, sim, sim, é no Humaitá, e Maria informa o nome da rua e o número do prédio, sete minutos, tá?, e as duas voltam pra pista pra se despedir dos amigos, e Dulce pede uma carona, claro, claro, só adicionar a parada, só um pouco, e Dulce entra no banco da frente, e Maria e Sofia entram no banco de trás, e se beijam sem parar, sem ligar pros solavancos e pras curvas do Centro, do Flamengo, de Laranjeiras, de Botafogo, do Humaitá, e dão bom dia pro porteiro, e cruzam com uma mãe e a filha na porta do elevador e tentam fingir que estão sóbrias, e sobem os cinco andares, entram no apartamento, tiram a camiseta e o vestido, e se abraçam, e se beijam, e Sofia puxa Maria pro sofá, e Maria senta com as pernas um pouco abertas, Sofia se ajoelha na frente dela, puxa a calcinha e enfia a língua o mais fundo que consegue, e Maria suspira fundo e se joga pra trás com os pés apoiados na borda do sofá, as pernas bem abertas, e Sofia apoia as mãos na parte de dentro das coxas de Maria e lambe a virilha, os lábios, dentro, o clitóris, roça a língua mais devagar, lambidas longas e lentas que aos poucos vão acelerando e ficam mais curtas, sem parar, cada vez mais rápido, e Maria agarra sua cabeça, diz que assim vai gozar, e Sofia acelera as lambidas, e Maria dá um grito alto e agudo, se arrepia e treme, desliza os pés até o chão, joga todo o peso do corpo no sofá, olha pra Sofia e sorri, e Maria se levanta, pega Sofia pela mão e sussurra vem, vamos pro quarto, e Sofia sorri e diz sim, senhora, seu desejo é uma ordem, só quero tomar uma água antes, posso?, e Maria também ri, claro que sim, pega ali na cozinha, preciso fazer xixi, tá numa garrafa de uísque na

porta da geladeira, tem copo no escorredor, e Maria deita
Sofia devagar na cama, deita em cima dela, roça a boceta
contra a boceta dela, um vaivém lento, ritmado, controlado, a fricção dos lábios com lábios, clitóris com clitóris,
os movimentos que aceleram aos poucos, irrefreados, desregrados, insanos, até as duas ficarem sem ar, até rirem de
si mesmas, da loucura, do tesão, da vertigem, e Maria beija
a bochecha de Sofia, o pescoço, a orelha, mordisca os mamilos, lambe a barriga, e desce devagar, e aperta a bunda
dela com força, quase cravando as unhas, e Sofia geme
baixo, de olhos fechados, e Maria desce mais, e cheira a
boceta de Sofia, e lambe meio sem jeito, Sofia de olhos fechados, geme mais e mais alto, morde o lábio inferior, se
mexe como quem tenta escapar, e Maria lambe, e Sofia se
vira um pouco de lado, aproxima a mão direita e começa
a se masturbar, e Maria lambe as coxas dela, a lateral da
barriga, os seios, as coxas de novo, a barriga, e Sofia goza
baixinho e devagar, e Maria abraça ela por trás, e assim,
nuas, de conchinha, adormecem.

26.

Maria abre os olhos devagar e vê Sofia deitada de barriga pra cima, pelada, uma perna jogada por cima da outra, mexendo no celular, e diz com a voz rouca e sem abrir
muito a boca por vergonha do bafo de quem dormiu sem
escovar os dentes, oi, dormiu bem?, tá acordada faz muito
tempo?, por que não me chamou?, e Sofia dá bom dia, e diz
que dormiu que nem uma pedra, acordei faz pouco, fiquei
de boa, olhando o Insta, e Maria pergunta que horas são?,
e Sofia olha pra tela, meio-dia e pouco, e Maria diz nossa,
dormimos o quê, nem quatro horas?, não olhei o relógio,

só lembro do sol alto, e elas se levantam e catam as roupas no quarto e na sala, Maria empresta uma toalha, um short e uma camiseta pra Sofia, e Sofia sai do banho nua com a toalha enrolada na cabeça, e Maria entra debaixo da água morna e sente tudo girar, se apoia na parede do box, respira fundo, se recupera, se ensaboa, passa o xampu, o condicionador, desliga o chuveiro, se seca, se veste, sai do banheiro e fala pra Sofia que está com um enjoo e uma dor de cabeça sinistros e pergunta se ela quer comer alguma coisa, que vai ter que tomar um remédio, um vonau, uma dipirona, depois podem fazer tapioca ou misto-quente, tem café, mamão, banana, pera, laranja pra suco, iogurte, e Sofia responde que está com fome, sim, tapioca e café é uma boa, que ontem não tinha percebido como o apê é massa, a rede do lado da janela é tudo, esses livros, puxa, adoro Ana Cristina Cesar, morreu tão cedo, né?, o quadro do Fórum Social Mundial, o quadro do Che que Maria conta que comprou em Cuba, nossa, você já foi pra Cuba?, que sonho!, aquele ali é Hopper, né?, ih, esse é do Teatro Oficina, nossa, eu amo o Zé Celso!, tu foi ver essa remontagem do Rei da Vela?, foi demais!, parece que ano que vem vai ter Roda viva, cinquenta anos das duas, né?, e esses vinis?, a gente pode ouvir algum enquanto come, pode, pode, sim, escolhe aí que eu não tenho condições, tu não tem ressaca nunca, guria?, e Sofia ri e vai até o caixote de feira com os discos organizados em ordem alfabética pelo nome do artista, e escolhe o Outras palavras, e pergunta se pode colocar na vitrola, se não vai estragar, e Maria diz que não, é fácil, faz assim, ó, sobe essa alavanquinha, puxa a agulha, coloca aqui, pronto, agora é só baixar a alavanca de novo até chegar no disco, nada dessa cica de palavra triste em mim na boca, travo trava mãe e papai, alma buena, dicha loca, neca desse sono de nunca jamais nem never more, sim, dizer que sim pra Cilu, pra Dedé pra Dadi e Dó, e vão pra cozinha, e Sofia cantarola a melodia e comenta que esse negócio de dizer que sim é bonito, parece que o Caetano canta sorrindo, e Maria também acha, o Caetano tem muito isso, é bonito mesmo, e Sofia diz que, por falar em bonito, foi maneiro ontem, né?, e Maria faz que sim com a cabeça, aham, muito legal a festinha, e Sofia responde que bota fé, a festinha foi massa, mas não é disso que está falando, ah, sim, sim, maravilhoso!, maravilhoso!, bom demais!, e se dão um selinho, e comem tapiocas com queijo minas, e tomam o café e um suco de laranja, e lavam a louça juntas, e Sofia fala que vai partir, e Maria pergunta se ela não quer ficar um pouco mais, que não tem nada pra fazer, ela pode ficar, e Sofia faz uma cara séria e responde que não, é importante seguir a lei, que não é uma subversiva, que obedece as regras, e Maria pergunta que lei, guria?, na constituição de 1988 tem a norma pétrea da pegação, o código de ética da solteirice, não conhece?, não devereis ficar em casa alheia após o café da manhã, e as duas riem, e Maria diz que Sofia pode ficar mesmo, de verdade, que não vai incomodar, pelo contrário, e Sofia bota fé e agradece muito, mas tem uma galera no Leme, ela vai passar rápido em casa, colocar o biquíni, pegar a canga, o protetor, a bike, o dia tá lindo, vou aproveitar a praia, tá bem?

27.
No final da manhã de quarta, Maria termina de combinar detalhes da divulgação do evento com a equipe de comunicação, vê as duas ligações perdidas de Sofia, liga

de volta, e Sofia diz que tá rolando paralisação dos funcionários terceirizados, parece que o salário deles não entrou, o restaurante universitário não vai abrir, e se Maria animar podem almoçar juntas, e Maria acha ótimo, quase sempre almoça com Regina e com Dulce perto do trabalho, no Bardana, no Metamorfose, mas pode ser em outro lugar, e Sofia diz hum, você conhece um árabe que tem no Saara?, Cedro do Líbano, é muito bom, tradicional, não é tão perto do seu trabalho, dá uns vinte minutos se você andar rápido, e Maria diz que topa, que já fez tudo que tinha que fazer, vai só pegar a bolsa e descer, passa o endereço por mensagem?, e vinte e cinco minutos depois, encharcada de suor, ela abre a porta de vidro, sente a temperatura do ar-condicionado, suspira de alívio e vai na direção da mesa onde Sofia espera com o cardápio aberto e um copo de mate, nossa, você tá toda suada, sim, sim, vim quase correndo, daqui a pouco tenho que estar de volta, como foi a praia naquele dia?, eu fiquei morgando em casa, morta de ressaca, nossa, a praia estava linda, maior solzão, sem vento, mar limpo, perfeita, mas hoje tô meio mal, uma cólica horrível, não curto remédio, mas tive que tomar um Buscofem, daqui a pouco faz efeito, e Maria diz nossa, que chato, às vezes só com remédio, né?, eu não sei bem, mas acho que tem uma questão geracional aí, sabia?, as estagiárias da ONG ficam com muita dor também, eu fico morrendo de pena, a gente não tinha tanta cólica, tomava pílula desde muito novinha, né?, adolescência, todo santo dia, eu mesma só fui parar de tomar agora, trinta e tantos anos, pode ser isso, né?, pílula já foi libertação e virou violência, né?, e a gente usava só absorvente, não usava esses coletores que tem agora, talvez tenha alguma coisa por aí também, é pode ser, pode ser, sei que tava difícil, muita dor, agora diminuiu um pouco, ah, que bom!, vamos pedir o rango?, o que é que você gosta?, gosto de tudo, sugere aí, pode ser esse vegetariano aqui, falafel, fatushe, homus, esfirra de espinafre e pão árabe, que acha?, serve duas pessoas, pode ser, sim, vou só comer uma porçãozinha de quibe cru também, se tu não te importar, tô com desejo, tomar um chopinho, que ninguém é de ferro, e chamam o garçom, e pedem os pratos, e Maria conta que está organizando um evento com mães de meninos mortos pelo Estado, que está animada com a atividade, e Sofia fala que a monografia está quase no fim, falta só fichar uns artigos e fechar o último capítulo, considerações finais, revisão, entregar pra banca e deu, não vê a hora de se formar pra se mandar dessa cidade, aliás, falar em cidade, você viu que o idiota do Bolsonaro tá liderando as pesquisas aqui?, que absurdo, tá com quase 30%, Rio de Janeiro é Rio de Janeiro, fico até com medo dele ganhar, e Maria responde que viu, sim, que é uma merda, mas não tem a menor chance, ele perde pra qualquer um no segundo turno, aquele discurso é muito sectário, muito radical, muito escrachado, não tem como, tem uma pesquisa que mostra que mesmo com um mês na prisão o Lula ainda tem o dobro dos votos dele, o Alckmin é que é um perigo, sim, o Bolsonaro, não, ou é Alckmin ou é Ciro ou é o candidato do PT, Haddad, sei lá, e Sofia concorda, mas é hora de parar com esse papo chato, a comida chegou e pode dar indigestão, e Maria lembra que no sábado vai ter festa da luta antimanicomial, e sabe o que isso significa?, faz um ano que a gente se conheceu, vê se pode uma coisa dessas, nossa, é verdade, que loucura, Dulce e eu vamos, e aí, pilha?, na Casa Porto, lá na Prainha, ih, pilho, sim, partiu, partiu, e Maria diz que precisa pedir a conta e sair meio na correria, a hora passou e nem percebeu, no sábado a gente se vê?

28.

Isso, dez, dez e meia naqueles bares da praça, a gente pode tomar uma por ali, entrar pela meia-noite, meia-noite e pouco, deve ser a hora que vai começar a bombar, que acha?, é isso mesmo, acho uma boa, combinado, e essa chuva, será que vai rolar?, a galera vai mesmo?, sabe como é o Rio de Janeiro, ah, acho que vai rolar, é lugar coberto, pode até ser bom, não vai ficar tão lotado, a Casa Porto nem é tão grande assim, espera um pouco que vou falar com as meninas da organização, me dá dez minutinhos que vou ligar pra elas, vai rolar, sim, partiu?, tá bom, partiu, então, e de um dos bares do Largo de São Francisco da Prainha, Maria, Sofia e Dulce veem as pessoas chegarem aos poucos e formarem uma longa fila pra subir as escadas e chegar no segundo andar do casarão em cujas janelas as bandeiras da luta antimanicomial tremulam, e as três tomam um litrão de Brahma, e outro, depois outro, e comentam que não vale a pena ir pra fila, é melhor esperar diminuir, tá grande demais, não tem porque ficar de pé, ali tá bom, e tomam mais um litrão, e dois amigos de Sofia chegam, sentam e bebem mais uma cerveja, e os amigos se levantam, vão pra fila, e as três continuam na mesa, e quase a uma da manhã a fila diminui e elas dizem agora sim, e pagam a conta, se levantam e entram na festa um pouco antes do Trombetas Cósmicas tocar, bateria, naipe de metais, todo mundo doido, um calorão bizarro, a pista cheia, fila pra pegar fichinha, fila pra pegar cerveja, fila pro banheiro onde entram juntas pra dar um tirinho no pó que Dulce levou, cocaína da boa, escaminha, seis carreiras gordas esticadas no celular de Sofia, duas pra cada, pra começar, e encontram amigos, conversam, dançam, suam, bebem até o dia raiar, e vão pra casa com o som ainda alto, e Maria diz cara, eu tô absurdamente exausta, tu te importa se a gente não transar agora, se a gente deixar pra transar quando acordar?

29.

E elas acordam no começo da tarde, e transam, e é bom como das outras vezes, e tomam banho juntas, e no café da manhã com chá de hibisco e ovos mexidos Maria pergunta se Sofia vai sair correndo de novo, aquela coisa de cláusula pétrea, lei da pegação, norma da putaria, blá--blá-blá, e Sofia diz que Maria não conhece mesmo as regras, que absurdo, todo mundo sabe que na segunda vez que se dorme na casa de uma pessoa já se pode ficar um pouco mais, mas só se a noite tiver sido legal, se não, não, e como foi legal ela pode ficar um pouquinho mais, sim, podem ouvir um som, cozinhar alguma coisa, esses livros são massa, né?, da Bela Gil, da Rita Lobo, a gente pode olhar alguma receita e fazer, o que você acha?, e Maria responde que a cocaína ajuda a diminuir a ressaca, não é à toa que a folha de coca é usada pelos incas pra diminuir o mal-estar da altitude, dor de cabeça, enjoo, tontura, falta de ar, etecétera, que está melhor do que das outras vezes, mas não cem por cento, que tomaram um caminhão da Ambev inteiro, normalmente ela pede alguma coisa depois de uma night assim, um hambúrguer, um ceviche, um yakissoba, porque fica com preguiça, mas se não for uma receita difícil até anima de cozinhar, se for aquelas coisas que demoram três horas, com vinte ingredientes pra picar, marinar, fritar, reduzir, assar, reservar, aí vai ser difícil, ela não se garante, vai ficar ruim, vão passar fome, e Sofia fala que receita difícil não rola, tem que ser pá pum, e folheia as páginas, esse curry de legumes da Rita Lobo, que acha?, ó, bem simples, couve-flor, batata-doce, cenoura, cebola, alho, dedo-de-moça, gengibre, extrato de tomate, açúcar mascavo, leite de coco, curry em pó, coentro, louro, deve ser bom, a gente pode ir no mercado comprar o que falta, vamos, vamos, e elas descem, compram as coisas, voltam e cozinham, e fica bom, gosto, textura, ponto, tudo, e passam a tarde juntas, um embalo na rede, digestão, sofá, música, papo, preguiça, ressaca, chuva fina, e no começo da noite Sofia diz que vai partir, que se pá podiam almoçar juntas de novo durante a semana, que vai à faculdade quase todos os dias, só na quinta que não, que nos outros dias está de boa, só marcar, e Maria acha ótimo, terça e quarta são bons dias, sexta não é mau também, só segunda que não é bom porque almoça com Dulce e com Regina pra fofocar depois da reunião, que elas se falam por telefone pra combinar direitinho, leva um guarda-chuva senão tu vai pegar um resfriado, guria.

30.

E Maria lembra que a reunião do dia seguinte vai ser chatíssima, que tem um ponto da comissão de seleção que ela topou compor fazia um tempinho, que pelo menos é só ela e Dulce, graças à saída de duas colegas que vão deixar a ONG nos próximos meses, uma porque vai acompanhar o marido numa transferência pra Salvador e a outra porque passou num concurso pra professora na Unirio, e elas precisam começar a montar o processo, ver como vai ser, prova, currículo e entrevista, como de costume, etapas classificatórias, etapas eliminatórias, quais questões, quais referências, enfim, estruturar a seleção junto com o tédio em pessoa da Heloísa, que desde que assumiu a coordenação se mete em todas as comissões, participa de todas as reuniões, assunta em todos os tópicos, não deixa nada ser decidido sem que ela esteja presente, tudo tão diferente do modo como Regina procedia, com as comissões independentes, e agora não, vão ter que planejar tudo com a diretora, e ela vai querer acompanhar não só a montagem, mas o processo todo daquele jeito meio persecutório, que acaba deixando o clima da ONG inteira assim, e é um saco, se pudesse Maria saía daquela comissão, mas não dá, ia pegar muito mal às vésperas do primeiro processo seletivo que ela participa, e não ia ser nem um pouco legal deixar Dulce sozinha na fogueira, não, não, é isso, ossos do ofício, e foda-se, não dá pra deixar aquele picolé de chuchu da Heloísa tirar o viço delas, a alegria, a responsabilidade de conduzir um processo seletivo naquela instituição que, afinal de contas, apesar dos pesares, ainda é uma instituição importante no Brasil, atrai um batalhão de gente que sonha em trabalhar lá, e ela ainda quer fazer a seleção mais legal possível pra que em breve possam ter dois colegas bacanas.

31.

No meio da manhã de terça, Maria recebe a ligação de Sofia perguntando se anima de almoçar, que tá com um intervalinho mais curto naquele dia, mas rola ir até a ONG, vai curtir se for no lugar que Maria costuma almoçar, faz tempo que não vai no Bardana, a mãe dela gostava de ir, ia com ela de vez em quando, mas que pra ser sincera não frequenta muito aquela região do Centro, Santa Luzia, Presidente Antônio Carlos, por ali, mas é de boa dar uma pernadinha, e Maria diz que sim, que podem almoçar, que o Bardana é ótimo, comidinha honesta, não é caro, meio--dia, meio-dia e quinze ela tá liberada, quem chegar antes já pode pegar uma mesa, e Maria senta na mesinha de canto onde costuma ficar com Dulce e com Regina e espera Sofia chegar pra contar que está animada com o evento, que a programação tá irada, que a divulgação tá bombando, vai ficar bem cheio, com debates foda, e que tem outra coisa legal rolando, algo que Maria nem imaginava que ia curtir, fazer um processo seletivo, que é bom porque são apenas ela e Dulce na comissão, no começo não estava nem um pouco a fim, não curte trabalhar muito perto da diretora, uma pessoa megaestranha, meio covarde, meio paranoica, meio traiçoeira, mas que isso é outro papo, depois ela conta, ela e Dulce estavam súper com o pé atrás, achando que ela ia encrencar com tudo que elas dissessem, que ia embarreirar todas as sugestões, e que nada, tá tudo indo bem, sei lá, vai ver essa mulher finalmente baixou a bola, vai ver saiu daquela coisa escrota de paixão pelo poder, de querer controlar tudo, de ficar enchendo o saco, perseguindo os colegas que não são amiguinhos dela, Heloísa foi muito educada, muito gentil e muito receptiva às coisas que Dulce e ela propuseram, e que iam manter a estrutura das seleções anteriores, análise de currículo, uma prova escrita e uma entrevista individual, todas etapas eliminatórias, e Maria já está ansiosa pra divulgar a seleção, deve ter muita gente interessante do Brasil todo a fim dessas vagas, ela não vê a hora de avaliar os currículos, as provas, as entrevistas, é a primeira vez que vai fazer isso, e é muito bom estar animada de novo com o trabalho, porque passou uma maré meio braba, meio deprê com a ONG, desanimada, era até estranho não estar a fim de trabalhar, mas agora parece que tudo vai voltar ao normal, esse evento e essa seleção devolveram o brilho aos olhos dela, ainda bem, parece que a inhaca ficou pra trás.

32.

E Dulce e Maria montam um edital completinho, bonitinho, claro, duas vagas pra um trabalho de quarenta horas semanais na área de violência doméstica, não é preciso ter graduação, remuneração de R$ 6.400,00 mensais, com direito a todos os benefícios da CLT, férias, décimo terceiro, inscrições até as vinte e três horas e cinquenta e nove minutos da noite de 30 de junho pelo endereço de e-mail indicado na ficha em anexo, no dia 5 de julho as inscrições homologadas vão ser divulgadas, prazo de um dia pra recursos, seleção feita em três etapas sequenciais, análise de currículo, prova escrita e entrevista individual, todas elas eliminatórias e com média sete, currículos avaliados de acordo com a tabela em anexo, tudo discriminado pra não haver dúvidas acerca do modo como a banca vai proceder, o resultado dessa etapa divulgado no dia 10 de julho, as pessoas aprovadas realizarão uma prova escrita às nove horas da manhã do dia 15 do mesmo mês, no auditório da ONG, tema sorteado no início da prova dentre os seis listados na ementa também em anexo, as candidatas e candidatos não poderão consultar qualquer material e terão três horas pra redigir a resposta, uma prova que será avaliada a partir da clareza argumentativa e da posição teórico-política, e o resultado dessa etapa sairá duas semanas depois, no dia 30, sempre no site da ONG, e os candidatos com nota igual ou superior a sete passam pra última etapa, a entrevista, entre 6 e 10 de agosto, em horário comercial, com a escala divulgada no dia 31 de julho, e nessa entrevista com os membros da banca serão avaliadas a trajetória profissional, a implicação com o trabalho nos direitos humanos e as possibilidades de dedicação à carga horária demandada pela ONG, e o resultado final será definido pela média aritmética das notas nas três etapas e as duas pessoas mais bem colocadas serão contratadas, assinado Dulce, Maria e Heloísa, e Maria fica feliz ao ver várias fichas preenchidas na caixa de e-mail da seleção, pessoas interessadas na grana, certamente, mas também em fortalecer a defesa dos direitos humanos, ajudar a construir um mundo melhor, gente mais nova, gente mais experiente, gente do Rio de Janeiro, gente de outras regiões do Brasil, gente que faz ela lembrar de quando participou do processo como candidata, outra vida, parecia muito mais do que cinco anos, ainda em Porto Alegre, casada com o Jorge, de sangue doce, súper de boa, vou tentar por tentar, sem expectativa, mas vai que, né?, os sonhos que tinha quando se inscreveu, trabalhar naquele lugar, mudar de cidade, mudar de estado, e olha como são as coisas, agora é a responsável por fazer o filtro, escolher, decidir, vai dar um trabalhão mas vai ser massa, dá até um friozinho na barriga, e escreve isso numa mensagem longa pra Sofia antes de dormir, uma entre as mensagens que trocam todos os dias, várias por dia, dúvidas de roupa, a lua cheia, o que vão comer, uma camiseta engraçada que viu na academia, o susto com os trovões, um beijo de bom dia, um beijo de boa noite, e Sofia responde que vai ser legal, dá um medinho mesmo, mas ela vai arrasar, já faz uma semana que não se veem, Maria está morrendo de saudade, tá rolando uma exposição sobre a história do samba no Museu de Arte do Rio, parece ótima, tô a fim de ir no sábado de tarde, não anima de ir junto?

33.
Maria se debruça na mureta do restaurante do terraço do museu, a vista da Baía de Guanabara, de Niterói, da Praça Mauá, do edifício A Noite, dos trilhos do VLT, do Museu do Amanhã, da Avenida Rio Branco, do Morro da Conceição, do Centro daquela cidade louca, linda e difícil que escolheu pra morar, como pode tanta coisa num mesmo lugar, tudo muito, tudo excessivo, rio 40 graus, cidade maravilha purgatório da beleza e do caos, e Sofia chega devagar por trás, em silêncio, a abraça pela cintura, as duas sorriem, se dão um selinho e dizem ao mesmo tempo vamos?, mesa pra duas, de preferência na rua, dadinhos de tapioca de entrada, fettuccine de pupunha com agrião e manjericão ao tucupi com castanha do Pará pra Sofia, nhoque de banana da terra com rabada e agrião pra Maria, goiabada quente com sorvete de queijo canastra pra dividir, dois expressos e a conta, a exposição que abre com o Caetano cantando Desde que o samba é samba e segue por um túnel onde se ouvem sons de vários instrumentos, cuíca, reco-reco, prato, bumbo, surdo, cavaquinho, agogô, a primeira sala da mostra, lições sobre a força da negritude, as religiões de matriz africana, as tias, os primórdios do samba, a feijoada, a segunda sala com fotos do Paulinho, do Zé Kéti e da Bethânia, da Dona Ivone Lara, as capas de discos históricos, discos do Monarco, do Zeca, da Leci, as roupas e os balangandãs da Carmen Miranda,

os parangolés do Hélio Oiticica, e as duas deslumbradas, olha isso, já viu essa parada aqui do Xangô da Mangueira?, lê isso daqui, ouve que bonito, é a batida do samba de roda, vale a pena vir de novo, que bom que vai ficar um ano em cartaz, é uma aula sobre música, né?, o Brasil, a força do povo, e chegam ao térreo do museu, quem sabe uma cerveja naquele bar ali do outro lado da rua, topa?

34.
Um brinde ao samba, um brinde ao Brasil, tim-tim, foda a exposição, né?, nossa, demais, vou recomendar pra todo mundo, todo mundo tem que ver, aquela primeira sala é a melhor, deu vontade de anotar tudo, fotografar tudo, memorizar tudo, sim, sim, como pode esse país, forjado em genocídio indígena, escravidão negra, um monte de ditadura, e consegue construir essa beleza toda, é muito impressionante, não acha?, esse acervo gigantesco de luta e arte ao lado de tanta violência, racismo, homofobia, transfobia, machismo, mas talvez seja por isso, né?, aqui a gente tem que resistir desde sempre, por isso que é tudo ao mesmo tempo agora, samba, pelourinho, capoeira, feijoada, tortura, aliás, tu viu que nas últimas pesquisas o Lula tá com 30%, o Bolsonaro com 17% e a Marina com 10%?, mas é foda, o Lula tá preso, não vai participar, então na real quem tá na frente é o Bolsonaro, se for o Haddad no lugar dele fica lá atrás, ele e o Ciro, parece que o Bolsonaro só perde pros brancos e nulos, olha que bizarro isso, é, muito bizarro, e eu vi numa outra pesquisa que quase 30% de quem vota nele acha que a ditadura é melhor do que a democracia, isso é muito sinistro, cara, um terço das pessoas que apoiam esse cara acha isso, mas eu vi também

que ele só ganha do Haddad no segundo turno, perde pra todos os outros, isso é um alento, né?, puta que pariu, ninguém merece, quando eu tava na sala de espera da dermato vi uma pesquisa na Record, 87% das pessoas não consideram que beleza é fundamental pra assumir a presidência, eu achei muito engraçado, que pesquisa é essa?, quem será que leva isso em conta na hora de digitar número na urna?, nossa, já tá anoitecendo, que loucura, vamos tomar mais uma?, vamos, a gente nem comeu nada, né?, bah, na real eu tô sem fome, a gente comeu entrada, prato principal e sobremesa no almoço, tô meio cheia ainda, meu metabolismo é lento, ah, sei lá, tô ficando meio bebinha, a gente pode pedir um petisco?, não sei se o rango aqui é muito bom, não tem cara, né?, mas beleza, e pedem o cardápio pro garçom, e um homem de camisa polo, calça jeans, cabelo curto e barba desenhada que estava com um amigo na mesa ao lado levanta o tom de voz e diz que o feminismo acabou com o sexo, as pessoas têm que entender que sexo é dominação, dominar ou ser dominado, isso é óbvio, é só olhar pros animais, nos animais é assim, e o sexo é animal, se os homens são mais fortes, eles têm que dominar, isso é o sexo, homens dominam, mulheres são dominadas, por isso Deus deu um pau pros homens e uma boceta pras mulheres, caralho, e agora é essa porra, parece que as mulheres querem dominar, ter uma pica, pelos, mandar, nem se arrumam mais direito, onde já se viu uma coisa dessas?, isso brocha, tira o tesão, o feminismo acabou com o sexo porque acabou com a essência do sexo, porque as mulheres não são mais femininas, não são mais mulheres, querem ser outra coisa, e como os homens ficam intimidados recorrem à violência pra afirmar a superioridade que é natural, e Maria e Sofia se olham sem saber se ele diz essas coisas pro amigo, que concorda com a cabeça e sussurra é isso, mané, é isso, mané, se fala pro bar todo, se fala pra ninguém, se é pra elas, e ficam assustadas, e Maria diz que é melhor partirem, e Sofia diz que não, que macho nenhum vai fazer ela voltar pra casa, que não é assim que a banda toca, que não tem medo dele, que se ele queria assustar não conseguiu, deve ser um brocha do caralho, pau pequeno, frustrado, e Maria diz sim, tudo bem, tu tem toda a razão, mas a gente já aproveitou bastante, almoço, exposição, cerveja, já tá de bom tamanho, não acha?, é melhor pedir a conta e pegar um táxi, por mim, por favor, e Sofia vira o resto de cerveja do copinho americano num gole só, diz que não concorda, mas tá bom, e levanta.

35.
Assim que descem do carro, Maria comenta que sentiu uma coisa muito estranha, um medo que nunca sentiu antes, não sabe se é do cara do bar, do taxista, de outra coisa, e Sofia diz que os machos são uns idiotas, aquela coisa ridícula de ficar botando banca, aquela coisa escrota de querer se mostrar, que porra é essa de que o feminismo acabou com o sexo?, de onde ele tirou isso?, e Maria responde que aquilo é fragilidade, é sinal invertido de fraqueza, os meninos de hoje são bombardeados por memes, notícias, julgamentos, linchamentos, justiçamentos, eles têm medo de ser julgados e têm sede de julgar, e isso é mais perigoso que ser idiota, essa necessidade de ser potente o tempo todo causa violência, ninguém é forte o tempo todo, né?, ninguém é potente o tempo todo, e tudo bem, só que não, e eles ficam com medo, tu não acha que os homens morrem de medo

de transar, brochar, não dar conta do recado, gozar muito rápido, não ser proveito, ser pura fama?, não é isso?, sabe o que eu acho?, eu acho que as pessoas gostam mais é do pré e do pós, da sedução, flerte, conquista, cigarrinho, contar que pegou, contar que comeu, que fez e aconteceu, mas na hora é medo e, vá lá, um pouco de curtição, e Sofia diz que não acha isso, não, eu gosto de transar, eu adoro transar com você, e que fica triste dela dizer que as pessoas não gostam de transar, como assim?, e a gente?, e Maria responde que não é isso, eu também adoro transar contigo, Sofia, adoro mesmo, me sinto bem, me sinto à vontade, me sinto amada, mas isso é raro, talvez tu ainda não saiba o que é isso, idade, flacidez, celulite, insegurança, medo de estar feia, gasta, detonada, o musculinho do tríceps balançando como se estivesse solto, rugas, brochada, seria melhor se a gente pudesse rir dos desencaixes, de não dar nada certo, de errar o timing, errar o beijo, errar a pegada, mas não é assim, nunca foi assim, é desempenho, é comparação, é acerto, ou seja, é insegurança, é medo, o que é estranho é aquele cara falar daquele jeito, sem constrangimento, sem pudor, acho que o medo que senti não foi da força dele, foi da fraqueza dele, da insegurança dele, e a fraqueza e a insegurança são muito mais perigosas que a força, aquele cara é muito fraco e muito inseguro, e isso é um perigo, isso é que é um perigo.

36.

Chegam no Leme antes das dez horas, o posto 1 ainda meio vazio, um monte de cadeiras e guarda-sóis disponíveis na barraca Pontal do Sol, entre o Rasta e a Mônica, barraca tocada por Ana Paula e Jane, duas mulheres simpáticas e de óculos escuros estilosos, e pedem duas cadeirinhas e uma água de coco, beleza?, a comanda vai no nome de quem, meu bem?, qualquer coisa que precisarem é só chamar, o Nescau vai ver um lugar bom pra vocês, e sentam quase na beira do mar, atiradas no sol brando do meio do outono, e dormem, e viram de costas, e viram de frente, e pedem outro coco, e a praia enche, altinhas, gritos dos ambulantes, melancia, olha o mate, geladão, um soco na mente e um peteleco no dente, quibe, esfirra, biscoito Globo, os baseados, as mensagens das amigas de Sofia recém-acordadas que querem saber onde ela está, amigas que chegam aos poucos e que Maria já conhece, amigas que chegam aos poucos e que Maria ainda não conhece, três, quatro, cinco, seis, dez meninas que colocam cadeiras e cangas em volta delas, compram cerveja, fumam um baseadinho, contam da night, onde foram, pegação, fulano, fulana, o mar tá perigoso, tem repuxo, tem um buraco bem aqui na frente, cuidado, o escracho de um macho escroto lá, o maiô lindo que uma delas comprou no brechó, a eleição, as coisas que o cara falou no bar, o medo, um monte de outras coisas até o meio da tarde, que é quando Maria fala que vai partir, que está com fome e pensou em comer em casa pra economizar, descansar um pouco, a semana vai ser barra-pesada, fim das inscrições, homologação, análise dos currículos, preencher tabela, checar comprovações, somar pontinhos, e não pode errar, imagina, é muita responsa, tenho que estar nos trinques, e Sofia diz que tudo bem, se ela não se importar vai ficar um pouquinho mais, o dia tá lindo, o clima tá bom, aproveitar um tantinho mais, claro, tudo bem, beijo, meninas, divirtam-se.

37.

Na segunda, na terça e na quarta checar todas as inscrições, ver se os documentos de mais de duzentas pessoas do país inteiro estão ok, quais delas estavam homologadas e quais não, um trabalho do cão, manhã e tarde quase sem parar até chegar à listagem final revisada três vezes, sem chances de erros, organizada em ordem alfabética e prontinha pra ser divulgada no site da ONG na quinta-feira, dia 5 de julho, pela manhã, e Dulce diz que merecem uma cervejinha, um brindezinho de leve, só pra constar, que tinha sido pesado aquele trabalho braçal, burocrático, chato, que inclusive achava que a cada etapa deviam fazer um happy hour, e Maria acha uma ótima ideia, massa, mas naquele dia não vai poder, Sofia vai pra casa dela, primeira vez que deixa a chave com o porteiro, não quer deixar a guria esperando, nas próximas etapas vamos, tá?, combinado, e Dulce diz pra ela curtir a gatinha, pelo visto o casinho vai de vento em popa, coisa boa, e Maria encontra Sofia deitada na rede, súper à vontade, lendo o Amuleto, do Roberto Bolaño, peguei esse livro aqui na estante, tá?, espero que você não se importe, essa coisa do final é linda, dei só uma passada de olhos, mas adorei, olha só, e lê em voz alta, e embora o canto que escutei falasse da guerra, das façanhas heroicas de uma geração inteira de jovens latino-americanos sacrificados, eu soube que acima de tudo falava do destemor e dos espelhos, do desejo e do prazer, e esse canto é nosso amuleto, e Maria responde que não, imagina, acha ótimo que ela leia, é um livro que adora, e essa final é foda mesmo, faz pensar em muita coisa, e que bom que deu tudo certo com a chave, olha só, pensei em pedir pizza, que acha?, tenho um vinhozinho chileno bom,

Rayuela, um carménère, pode ser da Bráz, aqui pertinho, já tá com fome?, um pouquinho, vamos pedir, então, metade funghi e metade caprese, a gente pode abrir o vinho pra esperar, pega as taças ali na cristaleira, por favor?, e abrem o vinho, e Maria conta que trabalharam pra cacete e fecharam a lista com cento e noventa e sete inscrições homologadas, imagina, cento e noventa e sete!, e o trabalho tá só começando, nossa senhora, vão ser quase duzentos currículos pra pontuar, não quero nem ver, Dulce e eu vamos ter que fazer plantão, e ainda tem as provas e as entrevistas, né?, e comem a pizza, e matam a garrafa de vinho, e abrem uma segunda, e Sofia sugere uma série, e Maria brinca que a última série que viu foi Chaves e Chapolin, e Sofia diz que tem várias séries boas, e Maria ri de novo e diz que precisa confessar que nunca foi muito noveleira, a última novela foi Quatro por quatro, Raí, Babalu, não perdia um episódio, e Sofia chama ela de engraçadinha e implicante, série não é novela, poxa, e se levanta, pega o laptop na mochila e acessa a Netflix, ó, tem essas aqui, não vi nenhuma, The handmaid's tale, Dear white people, Pose, e veem o primeiro episódio de Insecure, e Maria acha meia-boca, mas pode tentar mais um pouco, e Sofia diz que curtiu, e lavam a louça juntas, tomam um chá de camomila e dormem abraçadas fazendo carinho uma na outra, e Maria acorda no meio de madrugada e acaricia a cintura e beija a nuca de Sofia, depois as costas, depois a bunda, deita no meio das pernas dela e puxa a calcinha pra baixo, e Sofia olha com cara de quem não tá entendendo o que está acontecendo, e Maria diz que se ela quiser pode continuar dormindo, que não se importa, e Sofia ri e diz que sim, consegue dormir com uma língua dentro dela, e

Maria também ri e diz não rola, né?, posso continuar?, e Sofia responde que é pra ficar à vontade, e Maria lambe a boceta dela até Sofia tremer e dar um gemido abafado, e dá uns beijinhos na virilha, se abraçam e dormem de novo.

38.
Maria se levanta, toma um banho, faz o café e se arruma pra sair, e Sofia fica na cama, dormindo, acordando devagarzinho, se espreguiçando, e pergunta se pode ficar um pouco mais em casa, só tem aula mais tarde, está com preguiça, não quer correr, e Maria diz que é claro que pode, fica aí, tu sabe onde ficam as coisas na geladeira, já deixei café passado, só bate a porta depois, no problem, ai, que bom, obrigada, eu já vou levantar, tá, e pode deixar que bato a porta, sim, não precisa trancar, né, aliás, hoje tem o aniversário de uma amiga na Tiradentes, nada de mais, só um botequinho pra brindar mesmo, acho que no BDP, não tenho certeza, vou perguntar pra ela depois, não quer ir junto?, a gente deve ir direto da aula, a praça é ali pertinho da faculdade, né?, cinco e meia, seis horas já devemos estar por lá, posso te mandar mensagem quando estivermos saindo, e Maria diz que vai pensar, que depois responde, agora tá atrasada, tem que partir, beijinho, bom dia, bom dia, e comenta com Dulce que não sabe se vai ou não, me ajuda, amiga, será que tô sufocando demais a menina?, sábado, domingo, quarta, quinta, ainda por cima atacando a menina no meio da madrugada, nossa senhora, que vergonha, e Dulce questiona se ela não percebe que Sofia também está apaixonada, que estão no maior love, lógico que é pra ir, e às sete Maria envia um SMS pra avisar que está saindo do trabalho, e Sofia responde com um vem logo

kkk e vários pontos de exclamação, e Maria pergunta se é aquela música da Joelma, e Sofia não entende, e Maria replica, aquela famosa, do kkk, dançar, curtir, ficar de boa, e Sofia não pega, e Maria ri sozinha e diz que não é nada, não, bobagem, depois te explico, beleza, em vinte tô aí, e caminha pela Avenida Beira-Mar até a Cinelândia, da Cinelândia até o Largo da Carioca, e sobe até a Praça Tiradentes, um grupo de quinze jovens no bar da esquina, animados, falando alto, litrões vazios em cima da mesa e na calçada, e Sofia abre um sorrisão, se levanta, abraça ela, dá um beijo, gente, essa é a Maria, minha namorada, e todo mundo diz oi, Maria, e Maria sorri meio sem jeito, oi, pessoal, prazer.

39.
Que história é essa de namorada, guria?, e Sofia pergunta se ela não gostou, não sabe que sapatão casa rápido, gata?, piscou, já era, e Maria ri e responde que gostou, sim, só não estava esperando, um brinde ao namoro, então, um brinde ao namoro, um gole, um beijo, e Maria conta que começaram a pontuar os currículos, é trabalho pra mais de metro, mas avançaram bem, e Sofia diz que vai dar tudo certo, e entram nos papos da mesa, monografias, a prova escrota que um professor aplicou, seleções de mestrado, a insistência do PT no Lula, ele não vai poder concorrer, todo mundo sabe, sem ele o Bolsonaro é líder nas pesquisas, acho que na hora a galera não vai votar no Bozo, ele é muito tosco, ele é muito burro, o perigo é o Alckmin, tem tempão de televisão, é o candidato da Globo, é o candidato do mercado, é, mas rolou uma reunião do Bolsonaro com grandes empresários, gente muito rica, muito rica mesmo, high society, presidente do Itaú, esse tipo de gente, não dá

pra esquecer que a ditadura teve apoio dos empresários, foi uma ditadura civil, empresarial e militar, esse é o Brasil, essa é a nossa elite, e Maria comenta que sente falta de uma posição mais forte dos artistas, na ditadura a classe artística enfrentou de verdade, sei lá, Vandré, Caetano, Gil, o Chico Buarque deu um monte de nós nos caras, passou várias coisas pela censura, criou até um personagem pra enganar os milicos, o Julinho da Adelaide, deu até entrevista e assinou canções com esse nome, você não gosta de mim, mas sua filha gosta, isso foi pro Geisel, a filha do Geisel declarou que adorava o Chico e ele fez essa música, e uma menina sentada na diagonal dela corta e diz que ela ia ter que desculpar, mas o Chico Buarque é um machista, não pode nem ouvir aquela voz de taquara rachada, no último disco ele disse que largava mulher e filhos por causa de outra mulher, fez uma música pra uma mulher lésbica, que aquele negócio de virar mulher pra namorar com ela é um horror, é um absurdo de macho sem noção, branco, hétero, magro, rico, e acha que Maria, como lésbica, devia se posicionar, isso é uma falta de respeito com mulheres que se amam, e Maria responde que ouviu o disco e nem gostou muito, que acha outras coisas do Chico melhores, que só tinha gostado mesmo da última música, Caravanas, é uma porrada na elite, nos racistas, na colonização sem fim, sol, a culpa deve ser do sol, que bate na moleira o sol, mas não concorda com aqueles argumentos dela, até onde sabe essa música da mulher é pra Bia Paes Leme, eles são superamigos, tocam juntos há zilhões de anos, é só uma música bonitinha, e se a Bia não reclamou, quem é ela pra reclamar?, e essa parada de mulher e filhos é braba, os filhos do Chico devem ter, sei lá, uns sessenta anos, é um eu lírico, não é ele, é alguém que está muito apaixonado e ponto, não é o Chico, o Chico é o compositor, a personagem é outra coisa, eu lírico é outra coisa, se tu lê esse livro, esse livro aqui que tu tá lendo, esse mesmo, tá lendo, não tá?, ao menos tá aí em cima da mesa com uma página já perto do fim marcada, isso, esse da Chimamanda, eu também li, tu acha que tudo isso é ela?, claro que não, né?, a autora é uma coisa, a personagem é outra, não dá pra confundir, aliás, tem gente que jura que a Chimamanda é transfóbica, o que que a gente faz com isso?, queima o livro?, queima ela?, cancela?, e acha curioso, curioso mesmo, só curioso, não é nenhum julgamento, por favor, não me entendam mal, mas já te vi dançar até o chão uma música que a letra é toma, toma, toma, caralho, outra que é fica de quatro, fica de quatro, fica de quatro, outra que é piranha é um peixe voraz, e talvez eu seja meio coroa e não saque a coisa direito, mas não entendo por que é que um eu lírico que quer virar mulher não pode e fica de quatro, fica de quatro e toma, toma, toma, caralho pode.

40.

E a menina levanta a voz e diz que não é questão de poder ou não poder, se curte dançar funk ninguém tem nada a ver com isso, que dança o que quiser e como quiser, meu corpo minhas regras, hello, dá licença, e Maria concorda, ela e todo mundo dançam o quê, quando e como quiserem e ninguém tem nada a ver com isso, não é esse o ponto, só acha fundamental distinguir o eu lírico e o poeta, o autor da obra, sem essa noção básica é difícil discutir, fica um papo meio raso, tosco, pra não dizer outra coisa, e Sofia corta a fala dela, tá, tá, tá, todo mundo já entendeu que vocês discordam, vamos mudar de assunto, vamos falar de outra coisa, aliás, tô há um tempão querendo falar com você sobre isso, Manu, a gente vai ou não vai ensaiar no fim de semana?, tá na hora de parar de blá-blá-blá e fazer acontecer nossa rodinha de samba só de minas, né?, e Maria diz olha só, nem sabia desse projeto, não te falei, né?, é uma coisa meio caseira, nem perto do Samba que Elas Querem, do Moça Prosa, dessas rodas profissionais, é bem mais amador, nenhuma de nós toca muito bem, é mais pra se divertir, né, Manu?, o nome é Rage Against the Machinhos, e Maria cai na gargalhada, que coisa sensacional, Rage Against the Machinhos, e fica mais engraçado porque é samba, né?, e Manu responde que por ela sim, podem ensaiar no fim de semana, depois combinam, tem que ver a agenda de todo mundo, mas vai dar bom, e alguém pergunta qual é o signo de Maria, e Maria diz que não tem signo, e outra pessoa pergunta como assim não tem signo?, e Maria diz que na verdade mudou de signo, que é transigno, já foi de leão, mas cansou desta coisa solar, e agora tava numa onda mais aquática, tinha decidido ser aquário, e alguém retruca que é impossível, que ninguém é transigno, que os astros não mentem, e Maria responde que não aguenta mais aquela sociedade capitalista, heteronormativa, patriarcal, machista, racista e sobretudo celestial, tudo muito impositivo, muito violento, e ela acha que no hospital que nasceu tinha teto, talvez os astros não tenham visto ela e ela não tenha visto os astros na hora, por isso degenerou, deu ruim, não pegou, e algumas pessoas riem, e Sofia revira os olhos e diz que é pra ela parar de enrolar, você é de agosto, é leonina, aliás, como todo mundo pode perceber, né?, só finge que não, e alguém diz óbvio, e isso é ótimo, porque combina com sagitário, né, Sofia?, é fogo com fogo, the love is in the air e o amor está escrito nas estrelas, e Maria cantarola uma música do Caetano que diz porque eu sou tímido e teve um negócio de você perguntar o meu signo quando não havia signo nenhum, escorpião, sagitário, não sei que lá, mas agora que sabe que sagitário e leão combinam vai voltar a ser leonina, chega de ser aquariana, que faz tudo por Sofia, até voltar pro signo antigo, e todo mundo ri e grita beija, beija, beija, e Maria e Sofia se beijam e todo mundo aplaude.

41.

Já no uber, Maria comenta que a galera é massa, que estava com medo de se sentir deslocada, fora dos papos, desentrosada, perdida, mas adorou, o papo foi bom, o pessoal é divertido, todo mundo buena onda, e Sofia responde porra, sim, que adora aquela turma, que bom que Maria também curtiu, que fica feliz, mas não precisava ter sido escrota daquele jeito com a Manu, né?, falar com arzinho de superioridade, se achando pra caralho, como se fosse mais inteligente do que as outras pessoas, isso é o quê, cara?, nunca vi você assim, é porque eu falei que a gente é namorada?, é ciúme só porque você sabe que eu adoro a Manu?, porque já falei várias vezes nela?, por que a gente dançou pra caralho naquela festinha na rua?, cara, ela só expôs a opinião dela, pra que aquele ataque de pelanca totalmente desnecessário?, eu não fui escrota, não, opinião por opinião eu também só expus a minha, ué, e até onde eu sei, tenho o direito de dizer o que penso numa mesa de bar, e se ela não sabe a diferença entre eu lírico e poeta ela é burra, e eu não suporto burrice, é difícil pra mim, tu sabe, preguiça de pensar é complicado, gente que fala por falar, se não sabe nem a diferença entre eu lírico e compositor como é que vai fazer revolução?, tá lá supermilitante, pauta pra cá, pauta pra lá, cheia de avaliações, cheia de certezas, todos os ismos do mundo e não sabe coisas básicas, tipo que o poeta é um fingidor, finge que é dor a dor que deveras sente, e Sofia grita que é um absurdo, você não pode falar assim da Manu, a Manu é mega inteligente, você tá sendo preconceituosa, aí não dá, ainda mais com essa coisa de estrangeiros, coloniais, portugueses, Fernando Pessoa, ah, não fode, e Maria grita que não é preconceito, é um fato, e se quiser pode citar um brasileiro, pode ser Chico Buarque ou é muito machista?, e se de repente a gente não sentisse a dor que a gente finge e sente, se de repente a gente distraísse o ferro do suplício ao som de uma canção, e por aí vai, mas a tua amiga não sabe nem a diferença entre sentir e fingir, e nem ia dizer, mas agora vou, ela é meio chatinha, enjoadinha, mimadinha, tu não vê o jeito que ela fala com o garçom?, parece uma socialite, só que em vez de um restaurante chique do Leblon tá na Praça Tiradentes, o que é ainda pior, e aquela coisa horrível de terceira pessoa, parece que só existe isso, tudo é eles, sempre eles fizeram, ela errou, eles são escrotos, sempre um dedinho apontado pra alguém, sempre tem alguém devendo algo, os professores, os políticos, os machos, qualquer pessoa, não suporto isso, por que tu acha que ela tava com aquela camiseta ridícula escrito ranço?, é porque ela acha que a vida é só ranço, né?, ah, para, ranço digo eu, ranço digo eu, não é só porque a Manu é rica que ela é escrota, nada a ver, e nada de mais o jeito que ela trata o garçom, ah, não, Sofia, ela não fala por favor, obrigada, nada, nenhuma vez, nenhuminha, eu prestei atenção, viu?, viu, eu sabia, isso é ciúme, você ficou controlando ela, vou parar de falar que a gente tá namorando, fica melhor assim?, você fica mais segura?, que controlando nada, que insegura o quê, só me chamou atenção, e quer saber de uma coisa?, não vou dormir na tua casa porra nenhuma, moço, por favor, pode encostar ali na esquina que eu vou descer.

42.
E quando acordam elas trocam mensagens rápidas, uma depois da outra, sem intervalo, foi mal por ontem, foi mal também, fui escrota mesmo, você tem razão, não achei ela burra, não, a gente se deu tri bem inclusive, sim, eu vi, desculpa também, a noite foi massa, ela foi um pouco tosca mesmo, foi só uma partezinha de nada, eu não deveria ter valorizado, também acho, acho que eu é que tava com ciúmes, acho que eu tava me exibindo pra ti, sabia?, vê só, ridícula, hahahaha, mas eu odeio quando falam mal do Chico, ouvia muito com meu pai, até entendo o que ela disse, mas não dá pra jogar fora o bebê com a água do banho, não dá pra xingar os velhinhos assim, cara, você tem razão, nossa primeira briga, né?, sim, e com direito a showzinho, hein?, aquela saída performática do carro foi foda, hahahaha, foi mesmo, vê pelo lado bom, vamos comemorar o aniversário de namoro e a primeira briga no mesmo dia, 5 de julho, economizar no jantar e nos presentes, anota aí, hahahaha, verdade, ô, beleza, vou agilizar aqui, depois a gente conversa, tá?, bom dia, bom dia pra você que acordou com uma mensagem enviada pela chefe pirada às seis e quinze da matina dizendo pra passar na sala dela assim que chegar no trabalho, que saco, que mulher chata, hahaha, que

saco, beijo, beijo, ah, só mais uma coisa, eu adoro ficar de quatro, viu?, hahaha! beijo, e Maria passa o café e pergunta pra Dulce se ela também recebeu aquela mensagem, e ela responde que sim, o que será que aquela idiota quer agora?, que saco, deve ser alguma coisa da seleção, né?, só pode, que horas você vai chegar?, não vou chegar sozinha, imagina os papos, vou chegar pelas nove, vamos nos encontrar lá embaixo e subir juntas?, melhor, né?, sim, sim, melhor, nove horas na esquina, então, vou me arrumar, beijo, beijo.

43.

Heloísa recebe as duas com beijinhos nas bochechas, oi duplinha dinâmica, sempre juntas, né?, oferece café, chá e biscoitos, pede por favor que fiquem à vontade, a sala é de todas elas, puxa uma cadeira, querida, e diz que estão fazendo um ótimo trabalho na seleção, é um trabalho importante e difícil, que deve ser realizado com zelo e atenção, é o futuro da ONG e das duas centenas de candidatos que está em jogo, elas devem lembrar das expectativas, dos sonhos, da esperança de trabalhar num lugar que é referência nacional, salário bom, estabilidade, férias, décimo terceiro, e a depender, como foi o caso delas, sair de regiões periféricas do Brasil como o Sul e o Nordeste e morar na cidade maravilhosa, imagina, enfim, uma série de coisas que não precisa ficar listando porque não são nenhuma novidade, elas já estão carecas de saber, com certeza elas entendem a importância do processo, e Heloísa coloca as mãos juntas à frente do peito, como quem reza, e completa que é muito grata a elas, de verdade, mesmo, por todo o trabalho braçal, por todo o trabalho pesado, edital, divulgação, homologação, mas infelizmente precisa comunicar que na noite anterior aconteceu uma coisa um pouco chata e quer que elas sejam as primeiras a saber, que recebeu um e-mail de um dos inscritos na seleção com acusações que inviabilizam a continuidade das duas na banca, que não está julgando de antemão, condenando ninguém, nada disso, mas pra proteger a todos, candidatos, processo seletivo, as duas, é claro, a ONG, tomou a difícil decisão de retirá-las da função, por favor não levem a mal, não é nada pessoal, pelo contrário, é uma decisão tomada com muita dor, é cortar na própria carne, mas são ossos do ofício, e tem certeza que elas, mulheres maduras que são, vão compreender.

44.

Depois de tomar um gole d'água com a mão trêmula, Maria pergunta com a voz baixa, como assim um e-mail?, quem mandou?, o que diz?, a gente trabalhou muito, colocou essa seleção de pé, fez tudo até aqui, e Heloísa diz que infelizmente não pode revelar nem o nome do remetente nem o conteúdo, pois isso seria macular o sigilo de uma mensagem enviada pessoalmente, coisa que não seria correta nem justa, e Dulce responde que elas têm o direito de saber do que é que estão sendo acusadas, sem isso não dá nem pra se defender, e de todo modo o edital indica um prazo pra solicitar substituição da banca e esse prazo já venceu, uma alteração do nada vai soar estranho, o regimento da ONG lista as situações que a banca deve ser substituída, relações de parentesco com os candidatos, pai, mãe, irmã, irmão, filha, filho, relações colaterais, cunhado, cunhada, genro, nora, esse tipo de coisa, nenhuma delas se inclui nesses critérios, não existe justificativa pra qualquer substituição, só se for uma acusação gravíssima, manipulação do processo, algo assim, mas aí nem seria o caso de sair da banca, mas de demissão, porque alguém que manipula um processo seletivo não pode trabalhar lá, e se é isso elas precisam saber, pra poderem se defender, mas, se não é isso, a ONG tem que bancar as normas que eles mesmos pactuaram, prazo pra pedir substituição, critérios pra troca, etecétera, senão vira um deus nos acuda, qualquer pessoa diz o que quer e já era, tipo tirar a presidenta por pedaladas fiscais, um bando de filhos da puta decide que não quer mais e deu, assim qualquer pessoa pode dar um golpe, e Dulce completa que está se sentindo violentada, porque se tem uma coisa que presa muito desde menina é a ética, e tem certeza que não fizeram nada de errado, e não é certo serem retiradas da seleção assim, sem mais nem menos, de um dia pro outro, do nada, só porque chegou um e-mail aleatório com sabe-se lá que porra de acusação.

45.

Que e-mail, Dulce?, quem mandou isso?, o que é que essa pessoa tá querendo, cara?, a gente tá levando superbem esse processo, porra, um processo longo, tri importante, a gente foi cuidadosa desde o início, prestou atenção em tudo, tudo, tudo, a gente escreveu o edital, a gente divulgou, a gente recebeu as inscrições, a gente homologou, cara, o que é que a gente pode ter feito de errado?, e Dulce puxa o ombro de Maria e diz levanta essa cabeça e para de choramingar, não vem com essa, a gente não fez nada de errado, a gente cumpriu todas as normas, olha só, vamos deixar a poeira baixar um pouco, vamos descer, pegar um ar, nos acalmar, tomar uma água, falar com a Regina, ver o que ela acha, mas eu acho que a gente tem que voltar naquela sala e entender a situação, que acusação é essa, isso é o mínimo, pelo amor da deusa, tá, tudo bem, a gente pode não ver a mensagem, não pode saber de quem é, justo, mas saber do que a gente tá sendo acusada é básico, se não é muito estranho, é muito kafkiano, ser acusada sem saber exatamente do quê?, não, não, isso não, cara, depois do almoço a gente volta lá, mais calmas, e vamos dizer isso praquela escrota, que a gente quer saber do que se trata, que a gente tem esse direito, como colegas, como acusadas, como rés, a gente tem que ter esse direito, porra, isso aqui é ou não é uma ONG de direitos humanos?, é o básico do básico, atividade-fim que chama, não é?, como assim vão nos acusar, a gente nem sabe do que exatamente e a sentença tá dada pela chefa?, não é nem julgamento sem provas, Moro style, é julgamento sem acusação mesmo, ah, vai se foder, pra cima de moi, não, e olha só, pode levantar esse queixo, mocinha, essa cara de culpada que tá indo pra cruz não vai colar comigo, essa não é a Maria que eu conheço, não, eu tô virada no mói de coentro e tu não vai ficar assim, não, vai passar uma aguinha no rosto e depois volta aqui, vou falar com a Regina pra gente almoçar juntas, e quero ver o diabo que mandou esse e-mail nos tirar dessa merda de seleção, agora a gente vai até o fim, e ai de quem botar contra.

46.

Eu fiquei mal, cara, demorei a entender o que é que estava acontecendo, quando entendi bateu uma bad forte, sei lá, fiquei meio sem forças, sem energia, tinha até conversado com a Sofia que essa seleção e o evento com as mães tinham dado um gás no trabalho, que depois de todas as sacanagens eu tava me animando de novo, entrando na onda, quando a Heloísa começou a falar foi me dando uma moleza, uma vontade de voltar pra casa, de largar de mão, de desistir, mas essa pernambucana é porreta, saiu de lá furiosa, espumando, e me colocou pra cima de novo, e é isso aí, ela é que tem razão, a gente tem direito de saber ao menos o que é que diz nessa mensagem, e Dulce sorri e diz que ficou muito puta, com vontade de voar no pescoço daquela corna de goteira, ela acha que pode fazer o que quiser, mas não pode, que com ela não cola, que é um absurdo, que quando a diretoria convocou a comissão ninguém quis participar, todo mundo já estava com muita coisa, seleção dá muito trabalho, piriri, pororó, todo mundo olhando pra baixo, pro lado, olhando pro celular, elas foram as únicas que toparam colaborar, e agora vem isso, e Regina fala que numa situação como essa a coordenação tem que proteger os funcionários e garantir que as regras sejam seguidas, desse jeito abre muitos precedentes, qualquer um pode alegar qualquer coisa e deu, além, é claro, de expor as colegas, e que acha que elas deviam procurar a Heloísa à tarde e solicitar o conteúdo da mensagem, esse é um direito delas, nem a mensagem nem o autor, só o conteúdo, tomem uma maracujina, respirem fundo, não vão pro confronto, ninguém tem nada a ganhar com isso, ela já é meio paranoica, vão com calma que vai dar certo.

47.

Maria e Dulce batem na porta, aguardam a autorização pra entrar, sentam e dizem que não entenderam bem o que havia ocorrido, e que é um direito de qualquer pessoa em qualquer processo saber qual é a acusação, até pra esclarecer qualquer mal-entendido, pra se defender, pra não ficar no escuro, e Heloísa diz que entende o pleito, de fato, isso é justo, mas infelizmente acabou se confundindo, ou talvez não tivesse se expressado muito bem, na verdade a denúncia não foi por e-mail, e sim por ligação, e por isso é impossível disponibilizar às meninas o texto, porque não tem texto, foi tudo no registro da oralidade, e, de todo modo, a decisão do afastamento já está tomada, ela e Saul tinham decidido, não é uma saída definitiva, é um afastamento, que vai ser chancelado ou não na reunião de segunda-feira, democraticamente, como sempre, mas por via das dúvidas elas não devem trabalhar em nada relativo à seleção até lá, até porque ouviu um disse-me-disse no corredor, vocês sabem como é, gente fofocando que elas iriam favorecer alguém, pouco importa se a, b ou c, fulano, beltrano ou sicrano, nem quis ouvir o nome, pois sabe bem que elas jamais fariam uma coisa dessas, mas elas conhecem essas coisas, fica um telefone sem fio, a ONG é pequena, a rádio-corredor funciona a mil, alguém diz uma coisa, outro alguém diz outra, quando vê está todo mundo falando, dá eco, e isso pode vazar, fica um constrangimento do tamanho do mundo, pra ONG, pra elas, e nem é por maldade, não, sabia?, é que o povo é curioso mesmo, é que o povo adora uma futrica.

48.
Cara, que horror essas pessoas, mas não fica abatida, não, deixa elas pra lá, essa gente triste, invejosa, essa gente que odeia quem é mais brilhante, quem é mais interessante, quem é mais legal, que odeia quem gosta mais da vida, e isso tem em tudo que é lugar, né?, na faculdade também é assim, sabia?, as reuniões de departamento são um horror,

tem uns professores que em sala defendem uma coisa e lá são outra coisa completamente diferente, é só briga de egos, é só disputa de poder, tem uma professora que parece ótima, gente boa, correta, honesta, gentil, eu adorava ela, a gente até brincava que se tivesse um filme sobre a vida dela a Julia Roberts é que iria interpretar, eu comecei a prestar atenção, ela é traiçoeira, cara, é só bola nas costas, indireta, manipulação, conchavo, e quase ninguém percebe, sabe?, tem um monte de gente que cai no conto, fazer o quê, né?, eu nem gosto de ir nessas reuniões, quero sair da faculdade com uma boa imagem, algum carinho, é um lugar importante pra mim, aprendi muita coisa lá, e nas reuniões as tretas ficam muito explícitas, é bad vibe, é muita destruição, é só destruição, e sabe o que é isso, Maria?, essa onda geral, essa coisa toda?, é que Marte, Netuno, Plutão, Saturno, Urano e Mercúrio estão retrógrados, o que já é muito foda, porque tudo fica mais intenso e mais confuso, e tem mais, Mercúrio tá retrógrado em leão, cara, o que pesa muito pra você, eu sei que você não acredita muito nessas coisas, só que é verdade, é isso que tá rolando, e vem aqui, vamos enxugar essas lágrimas, eu vou preparar um banho quentinho pra você, tem uma máscara de argila, não tem?, a gente pode pedir uma pizza, fazer pipoca, ver um filme, já que você nao gosta de série, dormir cedo, descansar, amanhã a gente pode pegar uma praia, vai ser bom pra espairecer, que acha?, pegar um sol, tomar um banho de mar, o sal é ótimo pra espantar o mau-olhado, a inveja, as energias negativas, de manhã o Leme fica uma delícia, bem vazio, vamos?

49.

A gente pode ir pra Ipanema em vez de ir pro Leme?, da última vez me senti meio julgada lá, parece que a gente tem que estar com o biquíni certo, o tabaco enrolado do jeito certo, os pelos do jeito certo, parece que a gente tem que tomar a cerveja certa, na hora nem percebi, mas fiquei com vontade de pedir uma Heineken e tive medo de ser julgada, sabe?, só porque é uma cerveja um pouco mais cara, um real, dois reais a mais, eu sei que em Ipanema a gente vai ser olhada também, mas é diferente, é um bando de patricinha e playboy que quer ser descolado e não consegue e eu não tô nem aí pra eles, no Leme é uma espécie de insurgência, né?, é a vanguardinha jovem, eu acho superimportante, juro que acho, essa é a função da juventude mesmo, quebrar padrões, criar outros, mas acho meio moralista também, fico toda hora com a impressão de que estão me controlando, olhando pras minhas unhas pintadas, pro meu sovaco depilado, sei lá, me sinto meio velha, estranha no ninho, fora de moda, acho que foi por isso que fui embora mais cedo, desculpa, talvez eu esteja falando de tuas amigas, né?, tô querendo falar isso de boa, eu gosto delas, tá?, não leva a mal, na verdade não são elas, é uma coisa que eu não sei dizer o que é, cara, não sei o que acontece, parece que as pessoas perderam a empatia, a escuta, a capacidade de se gostar, de se entender, de divergir, eu não sei o que é que está acontecendo, tudo é violento, eu sempre fui positiva, otimista, sempre acreditei que as coisas vão dar certo, melhorar, avançar, mas não dá mais, parece que de repente fiquei sem lugar no mundo, o único lugar em que eu quero estar é nesse abraço, nesse ombrinho, nessa conchinha, tá bom?

50.

Tá bom, vamos ficar aqui, tá tudo bem, fica tranquila, mas olha só, eu sou jovem, sou da vanguardinha e adoro suas unhas pintadas, viu?

51.

Cara, eu te avisei que isso não era reunião porra nenhuma, que não ia ter debate nenhum, que era uma cilada, já tava tudo definido antes, essa galera é muito do mal, mafiosa, miliciana, sei lá como qualificar, porra, dizer pra ONG inteira que a gente foi retirada da banca porque a gente ia favorecer nossos amigos, assim, desse jeito, sem mais nem menos, sem nenhuma prova, usando uma acusação que primeiro tinha chegado por e-mail, depois por telefone?, cara, isso é golpe baixo, golpe muito, muito baixo, cara, eu nem tenho amigos inscritos, a minha única amiga inscrita nem vai vir pra seleção, as passagens estão caras, ela ia ter que pagar hospedagem, nem animou de vir, quem é que eu vou favorecer, gente?, me diz, quem?, é óbvio que conheço algumas pessoas, já participei de eventos, já fiz mesa, já tomei cerveja, mas quem falar que não conhece ninguém de quase duzentas pessoas do mcio tá mentindo, né?, ou então é um ermitão, como se esse meio fosse gigante, como se as pessoas não se conhecessem, é óbvio que todo mundo da ONG conhece alguém que tá inscrito, todo mundo, essa proposta escrota de colocar o Saul porque é vice-diretor e mais alguém que se candidatasse ali na hora é muito falcatrua, se candidatar ali na hora é o caralho, todo mundo sabe que era carta marcada, foi combinado antes, a gente faz isso desde o grêmio estudantil do colégio, essa estratégia é mais do que batida, se é por isso coloca só banca de fora, só gente que não é da ONG, esse argumento de que vai travar o processo é muito caô, cara, só colocar uma comunicação no site avisando que por motivo de força maior a banca teve de ser alterada, porra, cara, como é que pode, e ainda com esse verniz de democracia, ponto de pauta, reunião, exposição, votação, olha, vou te contar, como é que os coleguinhas caem nessa, caem porque querem, né?, caem porque têm medo, duvido que não saibam o que tá rolando, duvido, é só gente adulta ali, gente ligada, que já viu muita coisa, gente da militância, que trampa com coisa pesada, duvido que não percebam.

52.

Caramba, Dulce, é gente que nos conhece há anos, faz reunião com a gente, bebe com a gente, almoça com a gente, faz projeto com a gente, trabalha com a gente, gosta da gente, faz festa com a gente, cara, essa galera vê essa putaria acontecendo e fica quieta?, só olhando?, não tem um pra dizer que nos conhece e sabe que a gente jamais manipularia uma seleção?, que se alguém acha que a gente manipularia é preciso provar?, que um suposto e-mail ou uma suposta ligação de um suposto candidato não serve?, que não basta ter convicções, tem que ter provas?, a Regina foi a única que teve coragem de levantar a mão e nos defender, o resto ali olhando, com cara de santo, umas morais vazias, e é isso, né?, tem colega que vira a cara no corredor, não cumprimenta mais, esse tempinho é mesmo de falsos santos e falsas morais, é o espírito da época, o zeitgeist, falou tá falado e todos os manés acreditam, caralho, como é fácil fazer isso, é só criar uma fake e correr pro abraço, porque o gado todo vira hiena rindo em volta da carcaça, barbadinha, e tu viu que eles usaram a expressão sangue e terra?, a honra diz respeito ao sangue e à terra, cara, essa expressão é nazista, é blut und boden em alemão, sangue e terra, quando eu me dei conta disso lembrei do poema do Brecht na hora, não sei o título, fala dos negros, dos operários, pesquisa aí, isso, esse mesmo, esse é o nome, é preciso agir, olha que impressionante, eu vou ler, tá, primeiro levaram os negros, mas não me importei com isso, eu não era negro, em seguida levaram alguns operários, mas não me importei com isso, eu também não era operário, depois prenderam os miseráveis, mas não me importei com isso porque eu não sou miserável, depois agarraram uns desempregados, mas como tenho meu emprego também não me importei, agora estão me levando, mas já é tarde, como eu não me importei com ninguém, ninguém se importa comigo, será que as pessoas pensam que vão estar imunes?, será que não percebem?, será que não sacam que depois que o ovo da serpente começa a ser chocado não dá mais pra voltar atrás?

AMULETO

1.
Sofia sugere aproveitar o começo de noite agradável pra dar uma caminhada pelo bairro, descer a Voluntários, ver o movimento nos cinemas, dar uma passadinha na Travessa, ver as novidades, e elas caminham devagar, de mãos dadas, pessoas na fila da pipoca antes de entrar na sessão, pessoas comentando os filmes que tinham acabado de ver, A noiva do deserto, Ex-Pajé, Praça Paris, e brincam de adivinhar quem se acha a pessoa mais interessante do mundo, aquele ali de barbão, cabelo raspado e camisa floreada com certeza, aquela menina ali, cabelinho assimétrico, camiseta da Patty Smith, bermuda, chinelo de dedo, óbvio que sim, aquele coroa com óculos de armação grossa vermelha, sem dúvida, a vitrine com os livros organizados por cor, os bares começando a lotar já no final da rua, e ficam em dúvida se sentam para tomar uma cerveja, e Sofia diz que tá a fim, que a noite tá massa, e Maria diz que é melhor não, isso de só uma cervejinha não existe, acho que a gente podia ver um filme em casa, alguma paradinha leve, uma comédia, uma comédia romântica, qualquer coisa boba da Netflix, e Sofia diz que ela tem razão, ainda bem que tem alguém responsável no casal, eu já tava pela gandaia de novo, cruzes, e fazem as seis quadras da volta no mesmo passo lento da ida, olhando, comentando, tem mais gente morando na rua, tem mais gente pedindo grana, aumentou a miséria, e chegam em casa, e zapeiam filmes

aleatórios, acessam categorias, e Maria reclama que não têm sentido, leem sinopses, assistem trailers e decidem assistir Um lugar chamado Notting Hill, que Sofia nunca tinha visto, que Maria tinha visto fazia quase vinte anos no cinema, e dormem de roupa, com a luz da cabeceira acesa e o computador ligado sobre um travesseiro no pé da cama, e Maria abre os olhos, cutuca Sofia e diz, cara, a gente apagou, é recém dez horas, tô com fome, e Sofia diz caraca, eu apaguei mesmo, você viu até o final?, e Maria responde que dormiu bem no começo, não viu quase nada, que tá com fome também, que acha de pedir alguma coisa?, que tal uma comida japonesa?, o Gohan tem uns combinados bons pra duas pessoas e não é muito caro, acha muito ruim comer um peixinho só hoje?

2.

As duas sentadas frente à frente na mesinha da cozinha, o prato com quarenta sushis e sashimis devorado lentamente, com prazer, hum, hum, que delícia, os hashis trançados nas mãos e um naco do filé de atum terminando de ser engolido, Maria pergunta, tu não sente que a gente tá andando na rua de um jeito diferente, cara?, não é nada concreto, nada objetivo, não é medo de alguém, de alguma coisa, de algum lugar, mas eu acho que a gente tá mais ressabiada, mais assustada, eu acho que eu senti isso hoje, sabia?, eu sei, pra várias pessoas nunca foi de boa andar na rua, né?, preto, pobre, duas mulheres sozinhas sempre foi um risco, de mãos dadas, então, de noite, pior ainda, eu sei, mas parece que tem uma parada no ar, mesmo quando a gente brinca, mesmo quando a gente anda devagar, mesmo quando parece que tá de boa, não sei explicar, é uma sensação estranha, parece que a gente pode ser atacada, sei lá, por causa da roupa, do jeito de andar, do cabelo, dos pelos debaixo do braço, dos pelos na perna, eu soube de gente agredida só porque tava de vermelho, vê se pode?, só uma roupa vermelha, nada escrito, viva o comunismo, Lula livre, nada, parece que a pessoa tava com um filhinho pequeno ainda, isso é barbárie, cara, teve um rapaz abordado com a esposa pela polícia que quando falou que eram da UFRJ os policiais disseram que estavam no território do inimigo e perguntou se eram esquerdistas, cara, como assim estudar em uma universidade pública faz de alguém um inimigo da polícia?, desde quando isso é crime?, desde quando eles têm esse direito?, isso é coisa da época da ditadura, AI-5, atestado de ideologia, esse tipo de coisa, eu acho muito assustador, coisas que não eram dizíveis e agora são, coisas que não eram factíveis e agora são, e assim, né?, abertamente, com orgulho, antes era em voz baixa, em grupinhos, pros amigos, dentro de casa, no churrasco, no futebol, como piada, mas agora o cara enche o peito pra dizer que é racista, o cara enche o peito pra dizer que é machista, o cara enche o peito pra dizer que é homofóbico, será que essas pessoas sempre estiveram aí e a gente não via, será que sempre foram assim, ou será que destampou alguma coisa sem que a gente percebesse?

3.

Maria pega um pedaço de peixe branco, deixa cair no pote com shoyu e wasabi, respinga molho na mesa, as duas se esquivam pra trás, ufa, não pegou na gente, esse troço mancha, imagina tu, com essa camisa, e concorda com Sofia, é, cara, eu também sinto isso, é muito foda, é muito ódio no ar, e falando nisso, tu não vai acreditar, olha só, a Heloísa veio puxar papo comigo ontem, a gente se cruzou no corredor, ela deu oi, eu dei oi, ela me olhou com cara de amiga e disse bem assim, que situação, hein Maria?, e eu não entendi nada, vai saber do que aquela louca tá falando, maior pé atrás, fico nervosa só de ver ela, meu coração palpita, a respiração acelera, eu pensei que vinha outra acusação, outra fake, e perguntei qual situação, Heloísa?, e ela disse o país, Maria, isso que a gente tá vivendo, essa onda fascista, e complementou que anda pessimista, que acha que o cara vai ganhar mesmo, não tem muito jeito, ele não para de crescer nas pesquisas, vai ser péssimo pra ONG, orçamento, editais, essas coisas, e eu fiquei pasma, só olhei pra ela e disse é, complicado, mesmo, cara, é impressionante, será que ela não se liga que o que ela faz na ONG é igual ao que esses caras tão fazendo?, a única diferença é que a pauta é boa, é que as pautas são as melhores, mas o resto é tudo igual, mentir, destruir os inimigos, acabar com a democracia, ponto por ponto, igualzinho, não sei se ela finge ou não se dá conta mesmo, sei que fico passada, é tudo muito ruim, é tudo péssimo, uns e-mails sedutores pras pessoas que estão em posição hierárquica inferior, fulano, querido, beltrana, isso que você aponta é espetacular, uns gritos histriônicos pra faxineira no corredor, pra todo mundo ouvir, Dalva, que saudade, quanto tempo, Dalva, maravilhosa, e a Dalva lá, constrangida, um jogo baixo bizarro, muito feio, dia desses ela escreveu um e-mail falando da doença de um tio da Dulce, poxa, o cara tá com câncer, deitado numa cama no Recife há um tempão, barra-pesadíssima, difícil, né?, a Dulce longe, sem poder fazer nada, e tu acredita que a Heloísa colocou essa situação no grupo de e-mails da ONG, dizendo que mandava vibrações positivas pro familiar da colega que está em uma situação delicada?, que torcia para que tudo corresse bem?, cara, a Dulce nem tinha comentado abertamente, e quando vê tem um monte de colega que nos odeia mandando mensagens queridas, uma hipocrisia sem fim, todos eles escrevendo igual, sei lá de onde tiraram isso, mas é sempre um nome entre vírgulas, obrigado, Helô, pelo informe, agradeço, Saul, pela compreensão, e agora é com a Dulce, você, Dulce, não sei o que lá, espero que essa situação, Dulce, se resolva o mais rápido possível, desejo, Dulce, pronta recuperação pro seu tio, teve até um que se atrapalhou e matou o pai dela, envio, Dulce, o meu fraterno abraço nesse momento de perda paterna, cara, ato falho grotesco, uma galera que nos sacaneia o tempo todo, que faz de tudo pra barrar nosso trabalho, que fala mal da gente, que puxa nosso tapete, e usa essa situação pra se fazer de bonzinhos, pra fingir que que tá tudo normal, porra, são uns lobos em pele de cordeiro mesmo, é isso que eles são, e a Heloísa ainda quer dizer que lamenta a situação que a gente tá vivendo, ah, não fode, né?

4.

Mas olha só, não vamos mais falar disso, né?, esse sashimi tá perfeito, olha que pedaço enorme, parece um bife, esse hot tá uma delícia, a gente tá aqui, juntinhas, e é isso que importa, não quero mais dar trela pra essa gente, já gastei muita energia com eles, se é isso que eles querem, beleza, mas eu não vou mais ficar desesperada, enlouquecida, pirando, querendo provar pra quem quer que seja que não sou isso que a Heloísa e essa milícia dizem que eu sou, chega, a Regina tem toda razão, foi ela quem deu a letra pra mim e pra Dulce, e ela é foda, a mina fundou aquela parada e foi cuspida como se fosse sei lá o quê, qualquer coisa descartável, porra, podia ter ido embora, pedido demissão, batido de frente, mas não, tá lá, trabalhando, como se não tivesse a história que tem, só porque ela quer, ela é guerreira pra cacete, podia estar no veneno, mas diz pra gente não entrar em onda errada, em batalha que não vale a pena, e é isso mesmo, eu só lamento que uma história tão bonita seja cooptada assim, roubada, sequestrada, mas também já vi que é isso, que eles não vão largar o osso, a gente não tem como competir, porque as armas deles são muito pesadas, desonestas, ou a gente usa elas e se fode ou então desvia, sai fora, a gente até já falou nisso, pular fora, meter o pé, deitar o cabelo, largar de mão, deixar ficarem com a parada, vai durar um tempinho, os aplausos, os likes, esse negócio endogâmico, punheta braba, mas já, já a chaminha vai se apagar, e nem é que eu queira, não, nem é isso, é que vai, é um fato, porque não tem como durar, é tudo gente fraca, que faz macumba com caldo knorr, sei lá onde eu vou estar quando o castelo cair, trabalhando em outro lugar, morando em outra cidade, fazendo outras coisas, não faço a menor ideia, só sei que quero estar do teu lado, viu?, porque teu sorriso é a coisa mais importante na minha vida hoje, é um amuleto pra mim, acho que se não fosse por ele eu não ia conseguir atravessar essa bad, porque, bah, é muito pesado, cara, muito pesado, difícil até de entender, uns ataques bizarros, quando eu vi tava sendo acusada de umas coisas muito loucas, de querer roubar num processo seletivo, de querer dar um golpe na coordenação, sei lá, e o mais incrível é que espalharam essas coisas pela cidade, eu não acreditei aquele dia que a gente tava na São Salvador e aquela amiga das tuas amigas ficou me olhando feio e eu não sabia por que, menor ideia, só achei ela antipática, mal conheço ela, né?, vai saber por que tava me encarando daquele jeito, e de repente ela disse que eu não era boa pessoa, assim, do nada, caralho, de onde ela tirou isso?, só pode ter vindo desse grupinho, de fofoca, de mentira, né?, cara, na hora eu fiquei mal, fiquei assustada, como é que ela se dá o direito de falar isso?, ela nem me conhece e sai dizendo que não sou uma boa pessoa?, mas quer saber?, passou, não tô nem aí, podem falar o que quiserem, não tem mais bad que bata, já foi, não vai ser um bando de gente careta e covarde que vai nos deixar pra baixo, ah, não vai mesmo, e por falar nisso tu não tem um baseadinho bom aí, por acaso?

5.
Sofia estica o braço, pega o potinho metálico, avisa que a parada é forte, que o dealer avisou pra ter cuidado, tira uma seda e um pouco de maconha, separa umas lascas com a unha, esmurruga e aperta com capricho o cigarro fininho que passa para Maria junto com o isqueiro e pergunta se ela quer acender e Maria diz que sim e acende e traga uma, duas, três vezes, segurando por um tempo a fumaça no pulmão, e passa a bola pra Sofia, e revezam o baseado algumas vezes até Maria dizer que está de boa e Sofia dar mais dois peguinhas antes de apagar e largar o beque no cinzeiro de vidro com uma imagem do bairro de San Telmo no fundo, e ficam ali, paradas, viajando, olhando pro teto, em silêncio, até que Sofia começa a acariciar o dorso da mão de Maria devagar, um dedo de cada vez, sentindo a textura das unhas, os gordinhos da ponta do anelar, do indicador, do mindinho e do médio, os nós,

a junção com a palma da mão, e depois a polpa da mão, o pulso, o antebraço, os pelinhos arrepiados, e avança milímetro a milímetro em direção ao ombro, e dá um beijo no pescoço, e lambe a orelha, e depois a nuca, e faz um rabo- -de-cavalo, e lambe mais, e Maria sente cada partezinha da pele que Sofia toca com a pontinha da língua, com a língua quase inteira, com a pontinha de novo, uma lambidinha rápida, uma lambida longa, e as duas tiram a camisa, e Maria se deita de barriga pra baixo, e Sofia deita por cima dela, roçando os seios nas suas costas, nas suas nádegas, e continua lambendo a nuca, e desce pelo meio da costas, pela coluna vertebral, e quando chega ao cóccix puxa o short e a calcinha de Maria, e Maria abre um pouco as pernas, e Sofia fica nua, solta o corpo devagar e encosta a boceta na boceta de Maria, se mexe, meneia os quadris, sente os pelos dela tocarem sua barriga, e se arrepia, e seguram as nádegas uma da outra com as duas mãos, e triscam as bocetas, pra cima, pra baixo, os corpos se puxando mutuamente, resvalando, se encontrando, deslizando, e Sofia enfia um dedo na boceta dela, depois dois, e Maria senta sobre a mão de Sofia e se deixa ser penetrada o mais fundo possível, rebola com os dedos enterrados dentro dela, sobe, desce, sobe, desce, geme baixo, geme alto, se agarra no pescoço de Sofia, e Sofia vira Maria de costas, e Sofia lambe a bunda, e beija, e mordisca, e desce um pouco mais, e afasta delicadamente com os dedos as coxas de Maria, e enfia a língua na boceta de uma vez só, e fica assim, deitada no meio das pernas de Maria, e lambe, e chupa, e enfia a língua, e Maria se sente vibrar inteira, da cabeça aos pés, e deixa escorrer lágrimas grossas ao mesmo tempo que seu corpo todo treme por mais de um minuto, e ela se contorce, tenta tirar Sofia de lá, empurra a cabeça dela, e Sofia fica, e beija de leve, e lambe o clitóris com a pontinha da língua, lambe a beira da boceta, beija a virilha, e Maria aos poucos para de tremer, e Sofia sobe, dá um beijo na nuca, faz um carinho no rosto, dá um beijo na boca da namorada e deita ao lado dela.

6.
Deitada de bruços, Maria abre os olhos devagar, se espreguiça um pouco e diz nossa, quanto tempo passou, fui parar em outro lugar, e Sofia ri e diz que espera que tenha sido um lugar bom, não sabe quanto tempo tinha passado, não olhou o relógio, pouco importa, e Maria também ri e fala com uma voz baixa e pastosa que sim, só queria se localizar um pouco, um parâmetro, dez minutos, meia hora, uma hora?, mas tudo bem, ninguém cronometrou, né?, óbvio, cara, foi um absurdo, nunca senti nada assim, nem dá pra chamar de orgasmo, orgasmo é outra coisa, aquilo foi erupção, ebulição, derretimento, que mágica foi essa, guria?, o que foi que tu fez?, e Sofia responde que a receita é simples, não conta pra ninguém, é um mistério milenar de culturas que nem existem mais, o segredo é juntar apenas dois ingredientes, paixão e maconha, e Maria ri de novo e diz que foi um absurdo, que ainda tá mole, sem força, que não consegue nem se levantar, e tá com a boca muito seca e a garganta ardendo, água, por favor, e Sofia faz um carinho nela e traz dois copos grandes cheios, e tomam quase num gole só, e Maria diz que ficou muito chapada, bateu muito rápido, nem entendeu o que rolou, quando percebeu já estava pelada sentindo cada toquezinho de Sofia como se fosse sei lá o quê, veludo, lâmina, fogo, gelo,

tudo ao mesmo tempo, e foi parar muito longe, foi bizarramente bom, parece que só existia aquilo, pele, língua, sensações, e gozou com o corpo todo, fazia muito tempo que isso não acontecia, e nem sabe por que chorou, mas foi bom chorar, descarregou alguma coisa, e Sofia diz que achou o choro lindo, que também ficou muito chapada, também foi longe, também achou surreal, muitas sensações, que viajou no gosto dela, ficou ali, degustando, curtindo, que coisa maravilhosa, seu gostinho é bom demais, viu?, e Maria ri mais uma vez, agradece e diz que é a primeira vez que ouve aquilo.

7.

Um selinho longo, as mãos de uma nas bochechas da outra, olhos no olhos, e Sofia diz que está com a boca seca de novo, e não dá nem pra matar a sede na saliva, porque nem saliva tem mais, e Maria sugere trazer a garrafa inteira de uma vez, minha boca também tá tri seca, beberia fácil um caminhão-pipa, quando alguém demorava muito no bebedouro da escola as crianças na fila perguntavam se ia beber o Guaíba inteiro, o Guaíba é o rio de Porto Alegre, tem gente que chama de lago, tem gente que chama de estuário, tem gente que chama de rio mesmo, pra ela é rio porque sempre chamou de rio, curioso que o Rio de Janeiro não é nem rio nem de janeiro e o rio de Porto Alegre não é um rio, o pôr do sol é lindo lá no rio que não é rio, no Gasômetro, no Marinha, tem gente que acha que é o mais bonito do mundo, e Sofia diz que bota fé, que quer conhecer o pôr do sol mais lindo do mundo no rio que não é rio Guaíba, e bebem de novo os copos cheios quase num gole só, e se babam, e riem da água que escorre no peito de ambas, e Maria diz que, quando Sofia foi buscar a garrafa, ficou pensando que as duas poderiam passar a vida inteira juntas, é meio estranho dizer isso, elas se conhecem há pouco tempo, têm um milhão de diferenças, mas imaginou as duas bem velhinhas, num sítio, sentadinhas na varanda no final de tarde, enrugadinhas, comendo um bolo de cenoura e tomando um chá, a coisa mais bonitinha do mundo, um sítio cuidadinho, nada muito grande, uma casinha confortável, uma horta, um mato, uns bichinhos, já pensou?

8.

Pensei que a gente ia ter duas filhas que iam ser a coisa mais linda, sabe que quando eu era guria tipo tu eu achava que iria ter filhos cedo, com vinte e cinco, no máximo trinta?, eu adorava criança, tinha vontade de ter, aquela coisa, mas daí o tempo foi passando, eu comecei a trabalhar, vida corrida, várias atividades, achei que podia deixar pra depois, e fui deixando mesmo, chegou uma hora que nem pensava mais nisso, depois que conheci o Jorge a gente falava em ter, ele também queria, era um plano nosso, mas sempre um plano, sempre no futuro, ele também trabalhava muito, a gente curtia a noite, boemia, cervejinha, festinha, a gente não queria perder isso, viagens, cinema, restaurante, e a gente parou de falar nisso, e se separou desse jeito brusco, sem briga, sem agonia, sem curva descendente, sem nada, eu vim pra cá sem conhecer ninguém, quem é de fora acha que o Rio é um paraíso sexual, corpos bronzeados e sarados se querendo, mas, bah, não é bem assim, né?, uma ficadinha aqui, outra acolá, vez que outra um casinho, coisa rápida, nada arrebatador, eu tô com trinta e muitos, cada menstruação eu penso que ainda dá tempo, não sou tão velha assim, de vez em quando me vem a vontade, sabia?, tem aquela frase do Machado de Assis no Memórias póstumas, aquilo de não transmitir o legado da nossa miséria, mas eu tenho um medo enorme de me arrepender depois se não tiver, já imaginou, duas guriazinhas lindas, a gente cuidando delas, várias coisas, sei lá, fiquei viajando, né?

9.

E Sofia diz que acha muito fofo quando as crianças usam fantasia, qualquer fantasia, princesa, super-herói, jogador de futebol, melancia, dinossauro, Bob Esponja, as meninas podiam andar de fantasia todos os dias, e Maria gargalha e responde que é muito bonitinho mesmo, e Sofia completa que tá falando sério, vai ser fantasia todo dia até atingirem a maioridade e não tem papo, e gargalham até doer a barriga, já imaginou o mico?, dezesseis, dezessete anos, ensino médio, hormônios a milhão, libido, espinha, peito, tesão e, pá, Pequena Sereia, primeiro dia na faculdade, calourada, chopada, e, pá, Patrulha Canina, elas iam querer nos matar, acionar o conselho tutelar, mudar de casa, que nada, não vai ter nada disso, na roupa das minhas filhas quem manda sou eu e vai ser fantasia todo dia, sim, e se reclamar o pijama vai ser de fantasia também, Soneca, Bela Adormecida, depois que tiverem seus dinheirinhos podem escolher o que vestir, pode ser a coisa mais feia do mundo que eu não vou dar pitaco, mas até lá é fantasia, outra opção boa é adotar uma mulher mais madura, quarenta anos, encaminhada, que colabore com a casa, sem preocupações, só dar tchau, minha filha, tá levando um casaquinho, né?, oi, minha filha, tudo certo no trampo?, sem enjoo, cansaço, parto, mamar, creche, colégio, crise da adolescência, nada disso, é muito careta achar que uma filha deve ser mais nova do que as mães, né?, nada a ver, quem acha isso é fascista, e gargalham até a mandíbula doer, ai, que bobagem, cara, sei lá por que é que a gente tá rindo tanto, e Sofia diz que sabe muito bem por que, e por falar nisso vai dar mais um dois, tá a fim?, e Maria responde nem pensar, que já tá muito doida, se der mais um pega vai perder o contato com a torre, já tá na larica pesada, depois desse monte de sushi e sashimi ainda comeria mais, tá com vontade de comer um contrafilé do Lamas e uma barra de chocolate inteira, que loucura, e Sofia diz que acha ótimo ela virar vegetariana, mais uma parceira pra causa, e Maria pergunta como assim, cara?, eu falei barra de chocolate e contrafilé, e Sofia diz pois então, cara, eu também sou contra filé, contra picanha, contra costela, contra alcatra, e Maria pede pra ela explicar, e Sofia ri muito e diz nada, nada, deixa pra lá, cara, deixa pra lá, bobagem, bobagem.

10.

Sofia passa o café no filtro e pega frutas na geladeira pra fazer um suco e diz que precisa confessar uma coisa, que não foi sincera, que estava esperando a deixa, o momento, e o momento chegou, e Maria larga a frigideira com os ovos mexidos e pergunta como assim?, e Sofia responde que infelizmente mentiu esse tempo todo e não aguenta mais ficar com aquilo só pra ela, não leva a mal, Maria, eu não consegui falar antes, não é que não quisesse, mas não deu, o que acontece é que, e ela faz uma pausa dramática, olha sério pra Maria, alguns segundos em silêncio, meu suco favorito não é de manga, é de manga com maracujá, olha que delícia, não é muito bom?, e cai na gargalhada, e Maria ri um sorriso amarelo e reclama que quase infartou, isso não tem graça nenhuma, pra que me dar um susto desses no domingo de manhã cedo, guria?, e Sofia ri até ficar vermelha, e Maria dá um empurrãozinho no ombro dela e também ri, e Sofia abraça ela, dá um beijo e diz que ela é muito boba, que tava na cara que era brincadeira, quase nem conseguiu falar, quase me estrebuchei antes, tive que me concentrar muito, e Maria responde que o coração quase saiu pela boca, e Sofia abraça ela de novo, e se beijam de novo, e começam a comer, e ouvem a namorada de um dos meninos que divide a casa com Sofia abrir a porta do apartamento, e ela entra na cozinha toda descabelada, passos tortos, maquiagem borrada, bebe água e diz que vai capotar, e Maria fala que ainda bem que não tomaram aquela cervejinha na Voluntários, talvez estivessem chegando em casa bêbadas naquela hora também, a boemia é maravilhosa, mas acordar sem ressaca também é ótimo, ela vai encontrar a Dulce e a Regina mais tarde, no começo de outubro vai rolar um Encontro Internacional de Saúde Mental e Direitos Humanos em Montevidéu, vai ter gente do Uruguai, da Argentina, do Brasil, só gente massa, de esquerda, elas estão a fim de ir, passar uns dez dias no Uruguai, chegar na sexta, curtir o fim de semana, o evento é de segunda a quinta, curtir o outro fim de semana, voltar no domingo, tem uma amiga que mora lá, talvez possa hospedar a gente, não vai sair tão caro, e vai ser massa se tu pilhar de ir junto, pensei em te dar a viagem de presente de formatura adiantado, e Sofia abre um sorriso largo, abraça Maria com força e diz que não acredita, que presentão, muito obrigada, cara, vamos, sim.

11.

Vai ser demais, vocês vão adorar conhecer a Guta, ela foi minha colega de colégio, os pais dela são uruguaios, vieram pro Brasil fugidos da ditadura, ela, o namorado e o filhinho moram na casa que o pai dela morava quando era criança, ela falou o nome do bairro, Melilla, uma coisa assim, não decorei direito, eles têm um apartamento em Pocitos também, mais central, mais perto do evento, é lá que a gente vai ficar, cabe todo mundo, bah, vai ser muito bom, tô tri empolgada, por falar nisso acho que vou partir, tá?, te deixar escrever, caminhar até em casa curtindo o solzinho, tomar um banho, me arrumar, a gente marcou às dez num café perto do Largo do Machado, se a gente for almoçar juntas em algum lugar te aviso e tu vê se quer ir com a gente, beleza?, e Sofia diz que pode deixar a louça na pia que depois ela dá um jeito, que vai tomar mais um pouco de café e emburacar na labuta da mono, manda um beijo pra Dulce e pra Regina, e, com a porta do apartamento aberta, dá um beijo em Maria, faz um cafuné rápido, a gente se fala por mensagem, tchau, Maria, e Maria sorri, olha nos olhos dela e diz também te amo, Sofia, e Maria sorri de novo, meio sem graça, olha envergonhada e pergunta se Sofia tinha dito tchau ou te amo, e Sofia sorri de volta, dá um selinho nela e responde que tinha dito tchau, mas pode ser te amo também, e riem, se beijam, se abraçam e falam pela primeira vez juntas, te amo, te amo.

NÃO

1.
Ele não, ele não, ele não, ele não é o caralho, suas petistas escrotas filhas da puta, rosna um rapaz que vem agressivamente na direção de Sofia e de Maria na lateral do Teatro Municipal, ali, na bordinha do ato, só alguns passos pra fora da multidão reunida na Cinelândia, rapaz que xinga com raiva, olhos arregalados, dentes rangendo, a baba seca no canto da boca, é melhor voltar pra dentro, aqui fora não tá seguro, tá tenso, tá estranho, se ele tem coragem de atacar tão perto da turba, imagina se vê duas mulheres fazendo xixi num cantinho da rua?, melhor não, vamos ali no Amarelinho, a fila vai estar grande, paciência, a mulherada zoando, gritando, conversando, rapidinho já foi a vez delas, entram juntas no banheiro, e voltam pro ato, procuram Dulce e Regina no ponto marcado, e gritam com toda a força, ele não, ele não, ele não, animadas, unidas, parceiras, atentas, três horas no ato que lotou a Cinelândia como lotou outros lugares de outras cidades do país, fotografias no celular de Sofia que passa de mão em mão, olha, Porto Alegre, olha, São Paulo, o Largo da Batata, olha, Recife, olha, Salvador, é muita gente, tá lotado em todos os lugares, até Paris, gente, que foda, cara, já era pra ele, as mulheres vão ganhar essa eleição, é a virada, cara, sente só a energia, já era, já era, um brinde à derrocada desse lixo humano, cara, que pena que a gente não vai poder votar no primeiro turno, mas tô achando que nem

vai fazer tanta falta, agora eu fiquei confiante, antes não tava, não, viu?, desde a facada eu achei que já era, quando o cara virou mártir achei que não tinha mais jeito, hoje tô achando que a onda virou, assim a gente viaja mais tranquila, né?, eu tava megaculpada, nunca deixei de votar na minha vida, desde o tempo do papel, mas hoje a gente fez a nossa parte, né?, ô se fez, esse crápula não vai ganhar de jeito nenhum, já era pra ele, vou pedir mais uma rodada, tá?, esse chope do Bar Brasil é o melhor da cidade, quatro, por favor, o meu com colarinho, moço, um brinde às mulheres, ele não, ele não, ele não!

SEMPRE

1.
Maria e Guta se dão um longo abraço no saguão do aeroporto de Carrasco, as lagriminhas no canto dos olhos, a saudade, cara, quanto tempo, bah, muito, né?, o quê?, dois anos?, três?, não acredito que vou conhecer teu baby, que emoção, e o Cícero, como tá?, gosto muito dele, obrigada pelo apê, e Maria apresenta Sofia, Dulce e Regina à amiga, e as cinco se apertam no Suzuki 800 branco até o apartamento de dois quartos no bairro de Pocitos onde Cícero e Érico esperam pra irem almoçar, uma parrilla que eles gostam muito, La Otra, se alguém for vegetariana tem pimentão, batata e provolone na brasa, tem saladas, é daqueles clássicos, churrasqueira no fundo, o assador suando em bicas, um monte de comida na frente, garçons mal-humorados, é uma boa pra começarem a se ambientar na cidade, aos poucos iam conhecer tudo, a Ciudad Vieja, o Mercado del Puerto, o Museo Torres García, o Museo Gurvich, o Café Brasileiro, o Galeano sempre ia lá, a Librería Puro Verso, linda demais, o Centro, a 18 de Julio, a feirinha de Tristán Narvaja, a Pulperia, que é a preferida deles, pequeninha, numa esquina ali perto, os bares, La Ronda, Andorra, Brecha, o Parque Rodó, tudo, e tem o evento também, né?, e Guta diz que pensaram em fazer um churrasco no dia seguinte, mostrar a casinha deles, acompanhar as eleições juntos, e elas acham uma ótima ideia, tinham pensado em ir na feira de manhã, mas não planejaram nada pra tarde, e

Guta diz que então tá combinado, churras amanhã, o Cícero vai adorar, e aponta pra esquerda pra mostrar a Rambla, o Rio da Prata, mais à frente ele encontra o mar, é massa dar uma caminhadinha ali de manhã, ou no final de tarde, é bem bonito, ainda mais na primavera, já estamos perto, só dobrar ali, fazer a voltinha e deu, chegamos.

2.

Que coisa linda esse menino, gente, já tem um aninho, a tia só veio te conhecer agora, que pouca vergonha, será que vai chorar se eu pegar?, Maria à frente e as outras mulheres em volta de Érico, o guri no colo do pai, desconfiado com aquelas pessoas que gesticulam e fazem caras engraçadas no apartamento com uma sacadinha, dois quartos, dois banheiros, cozinha e uma sala boa onde largam as malas, tomam uma água, passam rápido no banheiro e saem pra caminhar as cinco quadras até o restaurante, uma mesa perto da porta, morcilhas e chorizos de entrada, duas Zillertal de litro e seis copos, um brinde ao Uruguai, um brinde ao Érico, um brinde aos direitos humanos e à saúde mental, um brinde às eleições também, né?, pensamento positivo, vai dar tudo certo, que medo do que vai acontecer, já viram as pesquisas?, não estão boas, o clima tá péssimo, tá agressivo demais, é briga, é racha, é ataque, e ainda tem gente que diz que não dá pra garantir que o cara é fascista, como assim, gente?, como assim?, precisa de mais o quê?, parece mentira, o manual de redação de vários jornais não permite que se chame isso de extrema-direita, mas proíbe por quê, cara?, se não é extrema-direita é o que então?, três quartos de direita, direitinha, direita moderada, direita paz e amor?, não, né?, alguém que diz que foi num quilombo e o afrodescendente mais leve lá pesava sete arrobas é o quê?, alguém que diz que os pretos não fazem nada, que acha que não servem nem para procriar, que diz que é homofóbico, sim, com muito orgulho, que o erro da ditadura foi torturar e não matar, que não ia estuprar a Maria do Rosário porque ela não merecia, essa pessoa é o quê?, extrema-direita, é óbvio, eu não entendo por que não chamar o fascismo de fascismo, daqui umas décadas vão querer fazer editorial de mea culpa, porra, quando já tiver ido tudo pra casa do caralho não adianta nada, o cara não foi a nenhum debate, é um covarde, nem tem projeto de país, tem muita gente tentando virar voto, montando mesinha na rua com bolo e café, conversando com as pessoas, parece que tá dando certo, um amigo de um amigo conseguiu virar sete votos, uma amiga contou que a tia dela virou cinco, imagina se todo mundo fizer isso?, olha esse assado de tira, meu deus do céu, e esse entrecôte?, impressionante, nossa, isso que é carne, olha esse vazio.

3.

Dulce e Regina num quarto, Sofia no outro, Cícero e Érico no sofá da sala, todos dormindo, Maria e Guta na mesinha da varanda, cafezinho passado, as xícaras pequenas, sabe que eu nunca imaginei que tu fosse querer ser mãe?, tô muito enganada ou tu tinha me dito que não queria mesmo?, pois é, de uns tempos pra cá veio uma vontade, é como se o corpo gritasse em voz baixa, não dá pra escapar, é bizarro, e sabe que a gente tá adorando?, é cansativo pra caralho, lógico, é só nós dois, né?, nada de rede de apoio, mãe, pai, irmã, amigos, é pesado, mas é tão bonito ver um ser humaninho crescer, e como cresce rápido, e Maria diz que ele é a coisa mais linda do mundo, uma simpatia só, e Guta sorri e pergunta como ela tá, trabalho, amores, me conta, de onde saiu essa guria, amiga?, gente boa ela, aliás, nem sabia que tu ficava com guria, e Maria diz que também não sabia que ficava com guria, mas, bah, tá ótimo, se conheceram numa festinha, nem trocaram telefone nem nada, um tempão depois se encontraram na rua por acaso, começaram a ficar, quando viram estavam nessa coisa louca, juntas o tempo todo, e, olha, se não fosse esse lance ela nem sabia o que teria feito da vida nesses últimos meses, Sofia salvou o ano, porque tá foda, viu?, o Rio de Janeiro cobra um preço alto demais pra ter praia, montanha e samba, vou te contar, é bispo prefeito, é todo mundo mal-humorado e achando que tá na capital relax no mundo, relações ásperas, trânsito, briga, violência de Estado, a situação do país tu já sabe, né?, de mal a pior, tudo destruído, desde o golpe é ladeira abaixo, umas coisas que pareciam sólidas e derreteram rapidinho, sei lá, eu ando meio pessimista, pra mim é isso que as pessoas querem mesmo, ninguém tá sendo enganado, é desejo, essa vibe tá por tudo, viu?, não é só a direita, é a esquerda também, lá na ONG as coisas acompanharam o país, perderam o prumo, ficaram fascistoides, é golpe, é fake news, é paixão pelo poder, é destruição da diferença, é ódio da divergência, é tudo isso aí, se eu começar a te contar não paro mais, mas quer saber?, foda-se, é assim que se lida com essa galera ressentida, quanto mais a gente afirma a alegria da vida menos ficamos à mercê, tudo que elas querem é espalhar tristeza, e o fascismo é isso, né?, um modo de espalhar tristeza, vou te dizer que nem sei se fico lá muito mais tempo, olha como é a vida, a gente sonha com as coisas e quando elas acontecem é um pesadelo, e Guta diz que sim, que a gente nunca sabe o que vai rolar no futuro, que tudo o que queria era morar em São Paulo e agora não aguenta mais a selva de pedra, competição no trabalho, custo de vida, etecétera, eles juntaram uma graninha pra tirar um ano sabático, vivem num subúrbio tranquilo, é outra vida, tem pátio, luz, sol, árvores, em breve vão pintar, fazer uma horta, um espaço pra massagem, ioga, pilates, essas coisas, amanhã elas vão conhecer, tá ficando bem legal, por falar nisso, quando o Érico e o Cícero acordarem vamos pra casa, a gente já podia deixar tudo combinado, né?, de manhã vocês vão na feira, pensei em pegar vocês ao meio-dia em ponto na frente da prefeitura, na 18 de Julio, pode ser?

4.

À noite, num barzinho pequeno de esquina em Pocitos, Maria conta que a primeira vez que foi ao Uruguai foi em 1991, com os pais e o irmão, ela com dez anos, foram de carro de Porto Alegre até Piriápolis, ficaram num condomínio com uns chalés, que foi muito legal, ir pra outro país, tentar falar outra língua, o mar gelado, o sol forte, a bicicleta vermelha, tomar sorvete todas as noites, um dia foram pra Cabo Polonio, pegaram um jipe pra cruzar as dunas, parecia um lugar meio separado do mundo, sem luz elétrica, só um farol, lobos-marinhos, era uma reserva ambiental de verdade, bem diferente do que é hoje, hoje ainda é interessante, mas tem uns caminhões com tração nas quatro rodas que fazem o trajeto toda hora, centenas de turistas, tá diferente, e depois voltou algumas vezes pro Uruguai, uma páscoa em Montevidéu com a família, Colônia do Sacramento, de lá dá pra ver Buenos Aires na outra margem do rio, teve também um congresso de psicologia no final da faculdade, vieram dois ônibus lotados de estudantes de Porto, foi histórico, teve briga de soco entre dois palestrantes no saguão, um acampamento no Forte de Santa Teresa num ano-novo, também com o pessoal da facul, três ou quatro réveillons em Punta del Diablo, e é muito bom colocar essa viagem na listinha, a primeira viagem com elas, com certeza a primeira de muitas, e fica até um pouco emocionada, parece bobagem, mas os últimos tempos foram complicados, em vários momentos achou que não ia aguentar, teve medo de surtar, de colapsar, de adoecer, de deprimir, e sem elas talvez não tivesse conseguido atravessar a tormenta, elas são pessoas importantíssimas, que fazem a vida ser não só possível como prazerosa, que isso não é trivial, que isso não é banal, que sabe que é cafona o que está dizendo, e olha que nem está bêbada, foda-se, talvez seja a tpm, mas quer mesmo viver muita coisa com elas, lutas, viagens, bares, tristezas e alegrias, e tem certeza que vai viver, e pronto, só isso, vamos mudar de assunto, tô aqui pagando mico, brega pra caralho, chega, falem alguma coisa vocês.

5.
E elas riem e dizem que também estão muito felizes de estarem lá, que tinham muita vontade de conhecer o Uruguai, vão precisar organizar um roteiro com calma, tem tudo aquilo que a Guta disse, tem as coisas que elas anotaram, tem o congresso, umas mesas que parecem muito legais, fazer intercâmbio com outros países, fazer rede, conhecer outros trabalhos, a marcha de encerramento, nem precisam ir pro evento todos os turnos, talvez nem todos os dias, mas ver algumas apresentações com certeza, e por

falar nisso precisam afinar algumas coisinhas da fala delas, que está quase pronta, mas precisam definir alguns detalhes, fazer o arremate final, ver se cabe mesmo nos dez minutos, se está curta demais, longa demais, enfim, é bom fazer um ensaio coletivo, até quarta-feira têm tempo pra isso, amanhã de manhã tem a feira, podem tomar café da manhã por lá mesmo, e por falar nisso é bom não se demorarem muito, o dia amanhã promete fortes emoções, vai ser foda acompanhar a apuração, o pessoal disse que a mobilização tá forte, vai que muda alguma coisa, vai que vira, vai que dá uma esperança, oxalá, vai ser tensão nível máster, da outra vez tiveram que ficar esperando aqueles votos do Acre, um inferno, quem não morreu ali não morre mais, mas amanhã vai ser pior, sempre tem uma pontinha de otimismo, vai que rola, vai que rola, cara, daí não quero nem ver, a gente vai ficar muito feliz, já imaginou, sair bem na frente, com uma margem de diferença, cara, vai ser bom demais, mas não quero nem criar expectativa, não, alguém vai querer comer mais alguma coisa?, algum drinque?, alguma tapa?, por mim a gente já parte, já são quase dez horas, a gente acordou cedo, viajou, amanhã ao meio-dia em ponto a Guta vai nos pegar pra gente ir pra casa dela, a gente não vai ter como se comunicar, então não dá pra atrasar, dizem que essa feira é enorme, a gente precisa de pelo menos umas duas horas pra ver com calma tudo o que tem, preços, variedades, escolher o que vai comprar, se perder, se achar, essas coisas, então é bom a gente chegar lá no máximo às nove e meia, sair de casa pelas nove, acordar pelas oito, acho que é bom a gente começar a pensar em ir pra casa, que acham?, vamos?

6.

Maria, Sofia, Dulce e Regina entram numa padaria da esquina da 18 de Julio com a Tristán Narvaja, compram medialunas e cafés, comem no balcão e vão pra feira, os uruguaios com as cuias de mate na mão e a térmica debaixo do braço, o bando de turistas, as plantas, as frutas, os legumes, os filhotes de animais, os sebos, os antiquários, os discos de vinil, a confusão que Maria diz pra Sofia que é um misto de brique da Redenção com Praça xv, mas muito maior, um dia eu te levo no brique, e compram pedaços grandes de queijo colonial e provolone, livros do Eduardo Galeano, do Mario Benedetti, da Delmira Agustini, da Carmen Posadas, dois discos dos Beatles com os títulos traduzidos, Socorro e Submarino Amarillo, um cinzeiro com o Mercado del Puerto estampado, um pedaço de um embutido, veem um monte de outras coisas que se interessam e não compram, coisas caras, coisas que não tem como levar no avião, coisas que acham que podem pegar na volta e esquecem, e atravessam a rua, param na frente da prefeitura e esperam, e Guta encosta o carro, buzina, abre a porta e elas entram.

7.

Meia hora depois, chegam na casa de Guta, Cícero e Érico, a entrada da garagem, a fachada branca, a sala, os dois quartos, o banheiro, o pátio ao fundo com a churrasqueira de tonel de lata que Cícero enche com gravetos e um saco inteiro de carvão e tenta sem sucesso acender, e Maria enrola pedaços de jornal no bojo de uma garrafa vazia, reorganiza o carvão e os gravetos em volta da garrafa, retira a garrafa, risca um fósforo e vê a fagulha queimar os papéis numa chama alta que aos poucos forma uma brasa constante e, orgulhosa, bate no ombro de Cícero e diz agora é contigo, cara, e Cícero responde que nunca fez churrasco na vida, é a primeira vez, tô com medo de me embolar todo, não quer fazer no meu lugar?, e Maria fala que não é exatamente uma expert, que na casa dela era churrasco uma vez por semana, no domingão era de lei, mas sempre era o pai que fazia, se ele quiser ela pode ajudar, sim, podem assar juntos, mas sozinha não anima, não, e com aquela carne não tem como ficar ruim, vambora, e ele diz que comprou dois quilos e meio de carne, entrecôte, costela, salsichão, umas morcilhas, pimentões, batatas, salada de alface e tomate, comida não vai faltar, tem bastante bebida também, cerveja, coisas pra caipirinha, e por falar nisso, já tá na hora de começar os trabalhos, né?

8.
Guta pede licença, vai fazer Érico dormir e já volta, todo mundo dá tchau pro menino, sonha com os anjinhos, meu amor, um beijinho, boa soneca, e Cícero busca uma Patricia de litro na geladeira, serve seis copos e puxa um brinde a um Brasil melhor, e Maria espalha o sal grosso no entrecôte e no assado de tira, coloca na grelha, faz o mesmo com os outros pedaços de carne, com a morcilha, com os salsichões, com os pimentões, e Cícero enrola as batatas em papel alumínio e põe dentro da churrasqueira, bom, agora é só controlar, a costela eu sei que só vira quando saltar os ossos, tu sabe o tempo da batata?, nunca fiz desse jeito, a gente podia colocar um som, né?, bah, com certeza, e com o celular conectado à caixinha sem fio Cícero dá play na lista Festinha de Boas Brasilidades, Chico Buarque, Caetano, Mutantes, Novos Baianos, Secos e Molhados, som

ambiente, volume médio, e Guta, Dulce e Regina dão os primeiros goles na caipirinha, e Guta conta que aquela casa era onde o pai morava na infância, o pai e a mãe deixaram o Uruguai na ditadura, ele tinha relação com os Tupamaros, a casinha estava lá, sem ninguém, desabitada, os velhinhos que viviam ali morreram, os pais pensaram em alugar de novo, e ela disse que não, que pilhava de passar um tempinho ali, e foram meio que de uma hora pra outra, e agora é aquilo, vidinha meio rural, mais devagar, e não sabe se voltam pra Sampa tão cedo, e Sofia mostra no celular a foto de uma amiga indo votar toda cheia de adesivos e com um livro na mão, e Dulce diz que as amigas tinham enviado mensagens com fotos também, geral tá indo com livro, e Regina fala que precisa confessar que sente falta de estar lá, não é exatamente culpa, é falta mesmo, acordar cedo, tomar café, ir votar no colégio Machado de Assis, almoçar no Lamas com o marido, como fazem desde 89, mas no segundo turno vão ajudar a derrotar aquele horror, aquela criatura do esgoto, aquela junção entre o neoliberalismo e a milícia que era a coisa mais abjeta que ela viu nesses anos todos de eleição, e olha que já tinha visto muita coisa.

9.
Érico desbasta um brócolis, deixa um pedaço cair no chão ao redor da cadeirinha, bebe um pouco de água da garrafinha, pega mais um pedaço, enfia na boca, mastiga, cospe no babeiro, pega outro pedaço, engole, se engasga, e Sofia diz que ele é uma graça, muito fofo, e Cícero traz a primeira leva de salsichão, de morcilha e de pimentão picados num pratinho, e Dulce diz que nunca tinha provado morcilha, que tinha achado muito estranho quando

disseram que era feito de sangue, nem ficou a fim de provar, mas lembrou que a galinha à cabidela também é feita com sangue e é uma delícia, e a verdade é que a bichinha é boa demais, vai até pegar mais um pedacinho, com licença, o pimentão também tá maravilhoso, viu?, parece orgânico, tem um gostinho de infância, e esse provolone dentro então, caramba, espetacular, e Maria e Cícero batem as mãos, valeu, parceiro, e Maria tira o primeiro pedaço mal passado de entrecôte, corta em pedacinhos em cima da tábua de madeira, despeja num prato e grita entrecôte, quem vai?, e Dulce reclama que o boi ainda tá mugindo, parece carpaccio, já pode vender no restaurante japonês, parece sashimi de vaca, e Sofia e Regina fazem coro, e Maria responde que é assim que se come, esse é o ponto, no Rio Grande é assim, que elas só gostam de carne bem passada porque a carne do Rio de Janeiro e de Pernambuco é horrível, carne boa é assim que se serve, mas tudo bem, vai deixar tostar um pedacinho pra quem preferir, e por falar em sentir o gosto, o copo dos assadores tá vazio, hein?, vocês podiam parar de reclamar e fazer a mão, e Sofia diz tá bom, tá bom, não tá mais aqui quem falou, e vai buscar mais cerveja na geladeira, e enche os copos de todo mundo, e Guta faz mais uma caipirinha, e passa de mão em mão, uma bicadinha pra cada até não sobrar mais nada, e ela diz que vai fazer outra, e Regina fala que não, que é a vez dela, que não fez quase nada até agora, e os copos são esvaziados sem parar, e as carnes saem aos poucos, e comem tudo, salsichão, morcilha, entrecôte, pimentão, até o último pedaço de costela deixar a grelha e Maria e Cícero dizerem que arrasaram.

10.

E Cícero busca no quarto uma embalagem azul e branca que roda de mão em mão, os olhos curiosos, interessados, quase antropológicos, e Maria lê em voz alta que a variedade dos cinco gramas daquela erva é alfa II, um híbrido com predominância de cannabis sativa, com um percentual de THC de 9%, com data de validade até janeiro de 2019, e tem uma série de advertências e recomendações, viu, gente?, por exemplo, não é adequada pra quem vai dirigir ou pra gestantes, e Dulce comenta que aquilo é incrível, aquele cuidado, aquele trato, as informações, é um sonho, não ter que ir na boca, não precisar fumar uma parada batizada, não envolver um monte de gente pobre e preta numa guerra, no Paraguai, na fronteira, nos morros, tomara que um dia role algo parecido no Brasil, comprar maconha na farmácia, drogas na drogaria, e Cícero fala que podem ir juntos buscar na quinta-feira, o troço é bem organizado, tem um cadastro do governo, quando preenche a pessoa precisa escolher uma das três opções, fazer parte de uma espécie de clube de maconha, plantar em casa ou comprar na farmácia, ele escolheu essa última, e é o próprio governo quem produz, tem duas variedades, sativa e indica, ele prefere a sativa, que é mais pra cima, mais leve, a indica é mais down, deixa mais prostrado, tem gente que gosta, e cada pessoa pode comprar no máximo quatro pacotinhos iguais àquele por semana, dez gramas, dá mais ou menos uns vinte baseados, é coisa pra caramba, vinte baseados numa semana, e é cronometrado no sistema, por exemplo, ele comprou na quinta às três da tarde, agora só pode comprar de novo na próxima quinta às três e um, se chegar lá às duas e cinquenta e nove o sistema barra, não deixa comprar, e ele tem que voltar pro fim da fila, e fica uma fila enorme no dia que chega, é engraçado, tem aquele estereótipo do maconheiro, né?, galerinha jovem, roupa velha, cabelo desgrenhado, barbinha, o maconheirinho clássico do DCE, o maconheirinho clássico de humanas, mas tem também uns caras engravatados, umas patricinhas, umas tiazinhas, uns tiozinhos, tem de tudo, todo mundo na fila, de boa, esperando sua ervinha, e Maria, Sofia e Dulce animam de ir junto, se tem favela tour no Rio, aquele bando de gringos subindo o morro naqueles jipes ridículos de safári, por que não podem fazer o maconha de farmácia tour em Montevidéu?, ó, tu pode ficar rico, cara, e Cícero ri e diz então fechou, quinta de tarde, tem uma farmácia pertinho do apê, e ele acende o baseado na brasa da churrasqueira, e o cigarro roda de boca em boca, exceto na de Regina, que parou de fumar ainda na juventude, e as gurias elogiam a leveza, o gostinho, a pureza, é, o Mujica está de parabéns, viva o Mujica, cara.

11.

E Dulce dá mais um pega e comenta que a única coisa complicada nisso tudo é que o governo tem acesso ao cadastro de todos os maconheiros do país, e isso não é bom, definitivamente não é bom, e Sofia diz pode crer, boto fé, não tinha pensado nisso, mas que acha que é de boa, o governo é de esquerda, não tem problema, não vão usar o cadastro pra nada ruim, é só pra organizar mesmo, e não dá pra deixar tudo solto mesmo, né?, e Maria responde isso é agora, né?, mas pode mudar, a onda pode virar, sei lá, a direita assumir, tomara que não, mas qualquer presidente que assumir dali pra frente vai ter a listagem dos maconheiros do país inteiro, quanto cada um compra, que tipo prefere, com que frequência pega, tudo, pode ser perigoso, pode ter perseguição, retaliação, usos ruins, e ficam viajando nisso, nos sistemas de controle, no governo, nos algoritmos, no Google, nos anúncios na internet, nas distopias, no 1984, no big brother, na Cambridge Analytica, parece que o celular escuta o que a gente fala, não pega só o que a gente digita, isso é muito sinistro, na ONG tem reuniões que todo mundo é obrigado a deixar o telefone do lado de fora da sala, porque mesmo desligado ele pode ser rastreado, imagina só, e Guta chega com mais uma garrafa de cerveja, serve todo mundo, diz que tá a fim de mais uma caipira, se alguém animar vai fazer outra, e todo mundo pilha, e ela vai pra cozinha buscar os limões, a cachaça, o açúcar, o gelo e o pilão, e Cícero pergunta o que é que Sofia pretende fazer quando se formar, e ela diz que está pensando em ir embora do Rio de Janeiro, cansou da cidade, nunca morou em outro lugar, cogita ir pro Nordeste, Bahia, Alagoas, Pernambuco, no Recife tem um mestrado massa, ainda não saiu o edital, mas ela tá de olho, e Cícero diz que é uma bela opção, que só foi duas vezes pra lá, uma de férias e outra a trabalho, achou a cidade foda, forte, os rios, o centro, o cinema, a música, o sotaque, e tu, Maria, vai fazer o quê?, vai junto?, e Maria responde fazer o quê, né?, ela quer ir pra longe, tô achando que não quer ficar perto de mim, tô brincando, vou visitar ela, ora, se der a louca me mudo pra lá, vai saber, não tenho nada que me prenda no Rio, né?, ainda mais com a ONG descendo a ribanceira, e Guta volta com o copo da caipirinha cheio e pede pro Cícero dar uma calibrada no som, aquele Belchior é lindo mas tá meio caído, com esse negócio de ano passado eu morri mas esse ano eu não morro daqui a pouco todo mundo vai cortar os pulsos, e Cícero diz que em homenagem à Sofia vai colocar uma playlist só de manguebeat, Chico Science, Otto, Nação Zumbi, Mundo Livre, Eddie, No caminho é que se vê a praia melhor pra ficar, tenho a hora certa pra beber, uma cerveja antes do almoço é muito bom pra ficar pensando melhor, Me dê uma cachaça, eu tô amargo demais pra beber cerveja, ora veja, quem não gosta de fumaça, minha querida, não entende de bebida, e nessa vida, eu já caí na desgraça, Ela é meu curso de anatomia, ela é meu retiro espiritual, ela é minha história, ela é meu desfile internacional, ela é meu bloco de carnaval, minha evolução, galega, tento descrever o que é estar com você, princesa, todos vão saber que eu estou muito bem com você, e Sofia e Dulce começam a dançar, uma batidinha de pernas, um balancinho, e Cícero chega perto delas, e Guta também, e Maria só mexe os ombrinhos, acompanhando o ritmo, e dá mais um pega no baseado.

12.

Gente, quase cinco horas, vai sair a boca de urna, ih, caralho, é mesmo, Cícero, baixa o som, por favor, ai, não sei se quero ver, tô nervosa, pensamento positivo, gente, pensamento positivo, e com os celulares na mão veem o resultado no G1, Bolsonaro 45%, Haddad 28%, e se olham com expressões apreensivas, dizem que fodeu, que merda, puta que pariu, é pior do que eu imaginava, se for isso mesmo tá tudo perdido, já não tem mais o que fazer, foi-se o boi com as cordas, e sentam, e mandam mensagens pros amigos, e ficam em silêncio por um tempo, os lábios apertados de aflição, e Regina diz calma, a boca de urna pode estar errada, tem que esperar a apuração, o jogo só acaba quando termina, na eleição da Erundina em 88 a boca de urna estava toda errada, parecia que ela tinha tomado uma lavada e ela tinha ganho, e Maria concorda, até pode ser, mas se for aquilo mesmo é péssimo, é o fim do mundo, inacreditável, não dá nem vontade de voltar praquela merda de país, só bebendo mesmo, e diz que vai pegar uma cerveja e avisa que aquela é a última, que se quiserem podem fazer uma vaquinha e comprar mais, e Regina e Guta dizem que podem colaborar, mas não aguentam mais beber cerveja, e Sofia, Dulce e Cícero topam, e recolhem a grana num chapéu e Maria e Cícero vão até o mercado de Lezica e encontram as portas metálicas baixadas até a metade, quase fechado, e calculam que o melhor custo-benefício é de doze Patricias de litro geladas, quinze latinhas de Pilsen em temperatura ambiente e duas do freezer pro caminho, e quando voltam Cícero dá uma encostada de leve com o para-choque do carro no portão de madeira, ops, foi mal, pode abrir, por favor?, e ele fala que está se mijando, que vai correr pro banheiro e já, já ajuda a levar as coisas pra dentro, e quando Sofia, Dulce, Regina e Guta veem a quantidade de bebidas se espantam, que é isso, gente?, é muita coisa, será que a gente dá conta?, ué, já que tá aí vamos começar, né?

13.

E acessam sites de notícias com a apuração em tempo real, a angústia da atualização, o Olívio ficou de fora no senado, o Suplicy também, e recebem mensagens de colegas da ONG que lamentam o resultado, e recebem mensagens de tios, tias e primos nos grupos das famílias, mensagens que dizem que a mamata acabou, que já era pra petralhada, chola mais, esquerdopatas, memes, figurinhas, emojis com espumantes e serpentinas, imagens de Bolsonaro com óculos escuros, vou sair desse grupo, não dá mais, não dá porra nenhuma pra conversar com fascista, como é que conversa com essa gente?, e vão largando os telefones, primeiro uma, depois outra, depois outro, e bebem mais cerveja, e fazem outra caipirinha, e ligam o som de novo, que tal um samba?, porra, sim, sem samba não dá, Paulinho da Viola, Cartola, Beth Carvalho, Clara Nunes, Monarco, Jorge Aragão, esses filhos da puta não vão nos tirar isso, o samba é nosso, o samba é nosso, caralho, O mar serenou quando ela pisou na areia, Há muito tempo eu escuto esse papo-furado dizendo que o samba acabou, só se foi quando o dia clareou, Elevador é quase um templo, exemplo pra minar teu sono, sai desse compromisso, não vai no de serviço, se o social tem dono, não vai, e Dulce, Sofia e Cícero voltam pra pista, e dançam mais, e bebem mais, e mais, e mais, e cantam mais, e mais alto, um Fundo de Quintal, um Almir Guineto, um Zeca, Quando a gira girou, ninguém suportou, só você ficou, não me abandonou, quando o vento parou, e a água baixou, eu tive a certeza do seu amor, e um pagode, e outro, e outro, e bebem mais, e gritam, Seu corpo é o mar por onde quero navegar e no meu colo te ninar, sua boca tem um beijo tão gostoso de provar, cada vez mais quero beijar, Eu menti quando disse que não te queria, quando disse que minha alegria era viver longe de você, Tô legal, apesar disso tudo, eu tô legal, vou pensar no futuro, eu tô legal, quero mais é te ver feliz, e jogam as mãozinhas pra cima, e fazem coreografias, e dramatizam, mãos no coração, mãos no cabelo, caras de sofrimento, dedinhos no canto das bocas pra fazer carinha de quem tá gostando demais, vassouras de mentira na mão indo pra lá e pra cá no pátio, Diga aonde você vai que eu vou varrendo, diga aonde você vai que eu vou varrendo, e riem, e Sofia pergunta se não animam de dar mais uns peguinhas, e Maria pega o isqueiro e a metade do baseado na borda da churrasqueira, acende, dá um pega, traga, dá outro, traga de novo, oferece a Sofia, que oferece a Dulce, que oferece a Cícero, que oferece a Maria de novo.

14.

Regina vai para o pátio e avisa que Bolsonaro ficou com quase cinquenta milhões de votos contra um pouco mais de trinta milhões de Haddad, eram mais de vinte milhões de diferença, vinte milhões, gente, 46% contra 29%, o Ciro ficou com 12%, se somar o Haddad e o Ciro não chega no Bolsonaro, não dá mais, é impossível, e todos param de dançar e desligam a música, fodeu, fodeu, fodeu de vez, perdemos, e olham pra baixo, pro céu, pro nada, e voltam pra sala, pegam os telefones, falam pelo WhatsApp, acessam sites de notícias, redes sociais de influenciadores, qualquer coisa, e ficam ali, lendo, digitando, chorando, que merda, que merda, inacreditável, país de bosta, que gente, que gente, como é que pode?, a esquerda não podia ter se dividido, era pra ter se unido, custava se juntar só dessa vez?, é sempre assim, cada um no seu partidinho, cada um na sua pautinha, cada um com seu poderzinho, quem se uniu foi a direita, a direita se uniu em torno daquele fascista, e enquanto for assim a gente vai seguir perdendo, tava na cara, era óbvio, tem que rolar uma autocrítica, é preciso voltar pras bases, pra perto do povo, pra periferia, não precisa ser cientista político pra ver que os evangélicos ocuparam o vazio que a esquerda deixou, é só ver os mapas de votação por região, rapidinho, e deu, é exatamente igual, o resultado tá aí, é só olhar, vai demorar muitos anos pra gente recuperar, talvez décadas, se é que vai recuperar, na verdade a questão nem é como é que podem ter chegado a tal ponto, é preciso inverter a questão, num país tenebroso como o Brasil a questão é como foi possível tantos avanços numa década, e se mexem, e andam pela sala, sentam, levantam, sentam de novo, e falam meio a esmo, frases soltas, lamentos, e Sofia se levanta, vai até a geladeira, abre mais uma garrafa de cerveja, enche o copo e volta pro pátio, e Dulce também pega o copo, enche e vai atrás dela, e elas ligam a caixinha no volume máximo, a batida rápida e constante do funk e a letra que grita, Dentro do carro, hoje vai ter putaria, dentro do carro, hoje vai ter putaria, senta, senta, senta, senta, senta, pra valer a pena, senta, senta, senta, senta, senta.

15.
Com o copo cheio da cerveja morna que pegou de uma garrafa meio vazia em cima da mesa, Maria levanta do sofá quase num salto e vai pro pátio, e quando cruza a porta vê que Sofia e Dulce rebolam, levantam a perna, quase sentam no chão, ficam de quatro, dão tapas na bunda uma da outra, e não param de dançar nem no intervalo entre uma música e outra, Hoje eu vou parar na gaiola, ficar de marola, senta pro chefinho do jeitinho que ele gosta, vai ficar chapada e vai voltar depois das horas, toma, toma, toma, toma, toma sua gostosa, toma, toma, toma, toma, toma sua gostosa, e Maria fica parada, de pé, com a cerveja morna na mão, olhando o transe catártico da namorada e da amiga que suam, pulam, cantam, Essas malandra, assanhadinha, que só quer vrau, só quer vrau, só quer vrau, vrau, vrau, vem pra favela ficar doidinha, então vem sentando aqui, e elas sentam, rebolam e se jogam no chão de

novo, e dão mais tapas na bunda uma da outra, e Maria fica a fim daquilo, de descer até o chão, de rebolar, de dar tapas na bunda, de levar tapas na bunda, mas só observa Sofia e Dulce dançarem mais um, mais dois, mais cinco funks que entram automaticamente na playlist, 150 bpm, proibidões, Que eu cheguei, cheguei chegando, bagunçando a zorra toda, e que se dane, eu quero mais é que se exploda, porque ninguém vai estragar meu dia, avisa lá, pode falar que eu cheguei com tudo, cheguei quebrando tudo, pode me olhar, apaga a luz e aumenta o som, a recalcada pira, falsiane conspira, pra despertar inveja alheia eu tenho dom, e Sofia e Dulce fazem gestos com as mãos e gritam no ritmo do funk, vem, vem, vem, vem, e Maria sorri e faz sinal com o dedo que não, e elas gritam que sim, sim, sim, sim, sim, e se aproximam aos poucos, dançando, rebolando, ondulando os corpos, Nosso sonho não vai terminar, desse jeito que você faz, se o destino adjudicar, esse amor poderá ser capaz, gatinha, e puxam Maria, e Maria tenta escapar e se desequilibra, quase cai, e ri, e abraça as duas, e diz mais uma vez que não quer, que vai ficar ali, que não sabe dançar, que vai buscar mais cerveja, e Sofia diz então tá bom, você que sabe, meu amor, não é não, e ela canta alto não é não, não é não, não é não, não é não, e dá um beijo nela, e enlaça o quadril de Dulce, e Maria descola a boca da boca de Sofia e empurra de leve o rosto da namorada pra perto do rosto da amiga, e as duas se beijam, e puxam o rosto de Maria, e as três se beijam, olhos fechados, mãos nos quadris, mãos nas nucas, mãos nas costas, os lábios roçando, as línguas se lambendo, sim é sim, sim é sim, sim é sim, o funk ao fundo, Malandramente, a menina inocente se envolveu com a gente só pra poder curtir, malandramente, fez cara de carente envolvida com a tropa, começou a seduzir, malandramente, meteu o pé pra casa, diz que a mãe tá ligando, nóis se vê por aí.

16.
Maria vai até a cozinha e traz de lá a garrafa cheia de cerveja e distribui nos copos das três, e Dulce pergunta e agora?, deu de funk, né?, parece que tem um martelo na minha cabeça, vamos ouvir o quê?, e Sofia diz que por ela podia continuar no funk, mas não se importa de mudar, e Maria diz axé, axé, axé, e Dulce ri e grita que sim, e Maria diz que vai ser a DJ, vai colocar os axés mais maravilhosos do mundo, e já vai começar com uma ótima, um pagodão baiano, e Sofia e Dulce vão pra pista e esperam, e Maria passa o dedo no celular de Sofia até dar play, No samba ela me disse que rala, no samba eu já vi ela quebrar, no samba ela gosta do rala, rala, me trocou pela garrafa, não aguentou e foi ralar, vai ralando na boquinha da garrafa, vai descendo na boquinha da garrafa, desce mais, desce mais um pouquinho, desce mais, desce devagarinho, e Sofia e Dulce colocam a garrafa com cerveja pela metade no meio do pátio e imitam a Sheila, a Carla e o Jacaré e rebolam, e revezam pra descer, e riem, e fazem isso uma, duas, três, quatro vezes até a música acabar, e Maria pergunta se elas sabem que a Bela Gil participou do clipe do É o tchan no Egito quando era criança, o Gil conseguiu aquela ponta pra ela, que ouviu isso no programa de culinária dela, que adora a Bela Gil, mas nesse dia ela fez uma feijoada vegana pro Beto Jamaica e pro Compadre Washington e o Compadre detestou, e pior que falou na lata, mas ela levou na boa, deu até risada, e as três gargalham, o Compadre é foda, e

Dulce diz que se gravassem o clipe daquele música a Bela Gil ia dizer que você pode substituir a garrafa de vidro por um coco natural, vai descendo na boquinha do coquinho natural orgânico, vai descendo na boquinha do coquinho natural orgânico, e Sofia diz que ela ia dizer que podia substituir por kombucha, vai descendo na boquinha da garrafa de kombucha, vai descendo na boquinha da garrafa de kombucha, e riem mais, e Maria coloca Mal acostumado, Mimar você, Deusa do amor, e Sofia e Dulce dançam todas, e Maria pergunta se elas já se deram conta que aquelas letras são muito bonitas, cada frase maravilhosa, Tudo fica mais bonito quando você está por perto, bem bom viver, Amor de verdade eu só senti foi com você, meu bem, e elas dizem que sim, é muito lindo, e Maria coloca A luz de Tieta e elas dançam mais, Todo mundo quer saber com quem você se deita, nada pode prosperar, e cantam o refrão, É a lua, é o sol, é a luz de Tieta, eta, eta, e Dulce diz que o Ao Vivo de 1997 da Banda Eva é o melhor remédio pra tudo, cura azia, depressão, gastrite, pressão alta, peste bubônica, cólica, caxumba, fascismo, tudo, Quando eu te vejo paro logo em seu olhar, sentir seu corpo, me abrigar em seu calor, pois o que eu quero é ganhar o seu amor, Quando você passa e eu sinto o seu cheiro, aguça meu faro e disparo em sua caça, iaiá, Tudo o que eu quero nessa vida, toda vida é amar você, o seu amor é como uma chama acesa, queima de prazer, e Sofia e Dulce não param de dançar e cantar, e Maria diz que vai aproveitar que Cícero voltou pra colocar uma muito boa, aquela é demais, é pra fazerem a coreografia, que não espera nada menos do que isso, e os três ficam paradinhos esperando a música, posicionados, concentrados, e riem quando começa, Vou te pegar, essa é a galera do avião, se ligue agora nessa nova onda, somos piratas jogando a marcação, e fazem ondinha com a mão e batem palminhas no onda, onda, olha a onda, onda, onda, olha a onda, e fazem uma fila perfeita e acertam milimetricamente todas as vezes que o refrão entra, como se tivessem ensaiado antes todos os movimentos e todas as viradas, Andou na prancha, cuidado o tubarão vai te pegar, tum-dum, tum-dum, andou na prancha, cuidado o tubarão vai te pegar, tum-dum, tum-dum, e quando a música acaba todo mundo aplaude, grita junto e se abraça.

17.

Ah, agora é a vez de uma muito linda, a mais linda de todas, a minha preferida, se preparem, acho que não tem coreografia, mas é pra cantar junto, hein?, não é zoeira, não, eu tô falando sério, essa é linda mesmo, vou dar o play, três, dois, um, foi, e todos levantam os braços, balançam as mãos e cantam, Já pintou verão, calor no coração, a festa vai começar, na Avenida Sete, da paz eu sou tiete, na Barra o farol a brilhar, carnaval na Bahia, oitava maravilha, nunca irei te deixar, meu amor, e Maria olha Sofia, Dulce e Cícero dançando e acha aquilo lindo, e acha aquilo mágico, e sente uma coisa que não sabe bem o que é, e chora, e dá dois passos, entra na pista, puxa Sofia e diz, vem, vem, vamos dançar, e Sofia sorri, acaricia as bochechas de Maria e diz vamos, meu amor, e as duas dançam e cantam juntas, Eu queria que essa fantasia fosse eterna, e quem sabe um dia a paz vence a guerra e viver será só festejar, e se beijam, e Maria abraça a namorada com uma vontade de morrer e de viver a vida com toda intensidade, e esquece tudo aquilo que não é aquilo, tudo aquilo que não é os pais mandando mensagem perguntando se ela está bem, tudo aquilo que não é Regina sentada no sofá da sala lendo notícias daquele inferno que virou o Brasil, tudo aquilo que não é Érico dormindo no berço, tudo aquilo que não é Guta cruzando a porta e se aproximando da pista improvisada, tudo aquilo que não é Dulce e Cícero dançando às suas costas, tudo aquilo que não é aquele pátio, aquelas pessoas, aquele momento, aquela música, e Maria sussurra com a língua enrolada ao pé do ouvido de Sofia que quer o mundo inteiro com ela, que vai com ela onde for, perto, longe, não importa, vão estar sempre juntas, e que por mais que tudo acabe, por mais que tudo desmorone, por mais que todos os sonhos se dissolvam, por mais que a paz jamais vença a guerra, por mais que tudo seja difícil, dificílimo, quase impossível, quando tudo isso passar, porque vai passar, porque tem que passar, porque precisa passar, ela vai sempre lembrar daquilo tudo, das velhas amizades, das novas amizades, das vidas que vêm, dos começos, daquele amor, porque é sempre isso que resta quando todo o resto acaba.

Antes de tudo, este livro foi o resultado de um estágio pós-doutoral realizado no Programa de Pós-Graduação em Políticas Públicas e Formação Humana da Universidade do Estado do Rio de Janeiro. Pela supervisão amorosa, animada e rigorosa, pelos aprendizados e pelo carinho, agradeço a Heliana Conde.

Pela generosidade e pela amizade, pela trilha clara pro nosso Brasil, agradeço a Caetano Veloso.

Pela coragem, pela força, pela gentileza, agradeço a Manuela d'Ávila.

Pelas leituras prévias, críticas e contribuições, agradeço a Alexandre Kumpinski, Alice De Marchi, Ana Carolina Haubrichs, Carolina De Marchi, Carolina Sarzeda, Clara Motta, Daniel Oliveira de Farias, Débora Inêz Brandão, Diego Climas, Elisa Vieira, Hermes Machado, Juliana Cecchetti, Lara Hausen Mizoguchi, Leticia Gonzalez Poitevin, Lucas Donhauser, Marcelo Santana Ferreira, Mayara Pessanha, Paloma Meirelles, Phablo Souza, Sabrina Lasevich e Tatiane Sousa.

Pelo trabalho hard e brilhante de preparação, por ajudar a tornar o livro aquilo que ele é, agradeço a Davi Boaventura e Rodrigo Rosp.

Pelas revisões atentíssimas e precisas, agradeço a Bárbara Krauss, Evelyn Sartori e Samla Borges.

Pela hospitalidade radical e pela feijoada, agradeço ao Quilombo Ferreira Diniz — especialmente a Tia Cida, Rodrigo Ferreira e Ricardo Ferreira.

Pela consultoria precisa, agradeço a Lais Amado.

Pela confiança, pela aliança, pela insistência, agradeço a toda equipe da Dublinense.

Pelo cuidado, pela paixão e pela competência, agradeço a toda a equipe da LVB & Co.

Pelas fotografias, agradeço a André Cherri.

Pela vida, por tudo, agradeço a João De Marchi Mizoguchi, Ivan Gilberto Borges Mizoguchi, Denise Costa Hausen, Paloma Meirelles, Mayume Hausen Mizoguchi, Iuri Hausen Mizoguchi, Lara Hausen Mizoguchi, Alice De Marchi, Samir Arrage, Samanta Antoniazzi, Guillaume Pradere, Tom Mizoguchi Arrage, Otto Mizoguchi Arrage, Caio Antoniazzi Mizoguchi, Tomás Antoniazzi Mizoguchi.

Copyright © 2025 Danichi Hausen Mizoguchi

CONSELHO EDITORIAL
Gustavo Faraon, Rodrigo Rosp e Samla Borges
PREPARAÇÃO
Davi Boaventura e Rodrigo Rosp
REVISÃO
Bárbara Krauss, Evelyn Sartori e Samla Borges
CAPA
Túlio Cerquize
PROJETO GRÁFICO
Luísa Zardo
FOTO DO AUTOR
André Cherri

DADOS INTERNACIONAIS DE CATALOGAÇÃO NA PUBLICAÇÃO (CIP)

M679e Mizoguchi, Danichi Hausen.
Eterna fantasia / Danichi Hausen Mizoguchi.
— Porto Alegre : Dublinense, 2025.
224 p. ; 19 cm.

ISBN: 978-65-5553-185-5

1. Literatura Brasileira.
2. Romance Brasileiro. I. Título.

CDD 869.937 • CDU 869.0(81)-31

Catalogação na fonte:
Eunice Passos Flores Schwaste (CRB 10/2276)

Todos os direitos desta edição
reservados à Editora Dublinense Ltda.
Porto Alegre — RS
contato@dublinense.com.br

Descubra a sua próxima
leitura na nossa loja online

dublinense .COM.BR

Composto em DOLLY e impresso na GRÁFICA VIENA,
em PÓLEN NATURAL 70g/m², no INVERNO de 2025.